Cuentos clásicos

Para siempre

ilustraciones
Marta Chicote

MOLINO

Gracias a todas las *niñas* que han participado
en este proyecto:

Mª Rosa, Ana, Marta y Elisenda

 CUENTOS CLÁSICOS PARA SIEMPRE

© de la adaptación de los cuentos, Varda Fiszbein, 2008
© de las ilustraciones, Marta Chicote, 2008
© de esta edición, RBA Libros, S.A., 2008
Pérez Galdós, 36 08012 Barcelona
www.rbalibros.com / rba-libros@rba.es

Primera edición: octubre 2008
Segunda edición: mayo 2009
Tercera edición: octubre 2009
Cuarta edición: enero 2010
Quinta edición: noviembre 2010
Edición gráfica y diseño: Elisenda Nogué

Referencia: MOPL023
ISBN: 9788498672770
Depósito legal: B-38928-2010
Impreso por: T.G.Soler

Sumario

Aladino
y la lámpara maravillosa

En una pequeña aldea de Oriente, vivían Yasmín y su hijo Aladino. El chico iba cada día al mercado para hacer cualquier faena, por más pesada que fuera y ganarse unas monedas.

Cierta mañana, un desconocido, vestido con capa y turbante, cuya barba le llegaba al ombligo, le propuso:

—*Si me ayudas, te daré una moneda de plata.*

—*¡Hoy es mi día de suerte!* —se dijo el joven, y aceptó.

Viajaron en un carruaje hasta una distante región donde el viejo se acercó a una montaña en la que consiguió hallar una estrecha abertura. Entonces ordenó:

—*Debes entrar en esta cueva, porque yo no podría atravesar el pasadizo. Pero veas lo que veas* —advirtió—, *no debes tocar nada. Sólo coge una vieja lámpara de aceite. ¿Has entendido?*

El joven, aunque empezaba a desconfiar de aquel hombre que parecía un brujo, obedeció.

¡La cueva lo deslumbró! ¡Estaba llena de valiosos tesoros, oro, plata y piedras preciosas!

No pudo evitar la tentación de ponerse en el pulgar un pequeño anillo.

Aladino tomó *la lámpara,* la guardó en su bolsillo, pero antes de salir, sacó una mano por la abertura y dijo:

—*¡Ya la tengo! Y ahora, dame la moneda.*

—*No* —dijo el forastero— *primero la lámpara.*

El chico se negó, porque algo en su corazón le decía que si entregaba la lámpara, el hombre lo abandonaría en aquel remoto lugar.

—*¡No saldrás vivo de ahí!* —dijo el brujo—. Y empujando una roca, selló la salida de la cueva.

Temblando de miedo y de frío, sin saber qué hacer, Aladino se frotó las manos para calentarlas y súbitamente la cueva se iluminó con una luz verdosa, apareciendo una figurita gordinflona, que le habló:

— *Soy el Genio del anillo, amo, ¡pídeme un deseo!*

El pobre chico pensó que era cosa de su imaginación, pero susurró:

—*Sólo quiero estar en casa con mi madre...*

Y un instante después allí estaba, contando sus desventuras.

Su madre lo abrazó emocionada por tenerlo otra vez a su lado, y lo consoló:

—*Oh, hijito, no te preocupes, lo importante es que has vuelto sano y salvo; quizá si limpiamos un poco esa vieja lámpara que has traído, se pueda vender.*

Aladino comenzó a frotar la lámpara con un paño y se quedó atónito, al ver que en medio de chispazos azules aparecía otro Genio, mucho mayor que el otro: ¡su cabeza rozaba el techo de la choza!

El Gigante se inclinó servicial y anunció:

— *¡A tus órdenes, amo!*

Y el muchacho sólo atinó a decir:

—*Tenemos hambre...*

Y apareció una mesa colmada de bebidas y manjares suculentos.

Desde entonces, madre e hijo ya no pasaron necesidades. Aladino ya no iba al mercado a trabajar sino a pasear por sus callejuelas, charlar con los comerciantes y admirar las finas telas y los objetos que exhibían los tenderetes.

Y allí estaba cuando pasaron cuatro esclavos portando en unas andas a la mujer más hermosa que había visto nunca. Vestía un delicado traje de gasa irisada y se coronaba con una tiara que no conseguía eclipsar el brillo de sus negros ojos.

Ella le lanzó una cálida mirada, bajando de inmediato la vista, y desapareció entre la multitud conducida por sus criados.

Desde aquel momento Aladino no tuvo un instante de paz; a todo el que pasaba le preguntaba por la muchacha intentando dar con alguien que supiera quién era.

Pero le respondían con sonoras carcajadas, palmaditas de consuelo y miradas de pena. Por fin, un domador de elefantes, se apiadó:

—*Muchachito, olvídala, es Amira, la hija del sultán, y está tan lejos de ti como la mismísima luna.*

Cabizbajo, Aladino se fue a su casa y le habló a su madre de su amor recién hallado.

—*¡Probar no cuesta nada!* —lo animó ella—. *Pídele al Genio un regalo para tu enamorada y yo iré a ver a su padre para pedirla en matrimonio.*

Yasmin se presentó ante el sultán con un brazalete de oro y rubíes para la princesa y a él le ofreció un cofre cargado de perlas.

El monarca quedó impresionado y aceptó los regalos, pero dijo que sólo casaría a su hija con un hombre realmente rico:

—*Sólo accederé si tu hijo me envía mañana, a esta misma hora, veinte caballos blancos cada uno con un cofre de monedas de oro y, otros veinte negros, portando cofres con monedas de plata* —dijo.

Una vez más Aladino y su madre frotaron la lámpara maravillosa y el Genio hizo aparecer caballos, cofres y monedas, en un santiamén.

Poco después los jóvenes se casaron muy enamorados y vivían en un hermoso palacio. Pero hete aquí que esta historia fue muy comentada; de pueblo en pueblo, de aldea en aldea y de ciudad en ciudad hasta que, al final, llegó a oídos del brujo. Éste comprendió que el joven que había encerrado en la cueva había hecho uso de la lámpara maravillosa; y que por eso había podido conquistar a la princesa contando con la confianza del sultán.

Volvió entonces a la aldea, disfrazado de vendedor de lámparas, y pregonó de puerta en puerta:

—*Cambio lámparas viejas por otras nuevas, ¡relucientes como el sol!*

Amira, que había visto una antigua lámpara junto a la cama de su esposo, pero desconocía su poder, decidió cambiarla por una nueva y la ofreció al vendedor ambulante.

¡Era lo que el brujo quería! Pero... al ver a la hermosa joven, tomó la lámpara, la frotó y, ¡qué horror!, le transmitió su deseo:

En un instante, palacio, muchacha, lámpara y brujo estuvieron muy lejos de allí.

Cuando Aladino regresó ¡no había nada de cuanto tenía!

Desesperado, hizo a girar el anillo mágico y una vez más apareció el geniecillo bonachón:

— *¿Adónde vamos, mi amo?*

—*Sólo quiero estar con mi amada...* —lamentó Aladino.

Y en un soplo, fue trasladado al remoto rincón donde se ocultaba el brujo.

Una vez en el palacio robado, Aladino consiguió entrar sigilosamente y encontró a su esposa.

Estaba llorando, tanto era lo que lo echaba de menos.

Pero cuando él la estrechó entre sus brazos tuvo una gran alegría y luego, tranquilizados, idearon un plan. Aquella noche, Amira se sentó a cenar con el brujo y le sirvió un elixir mezclado con polvos de adormidera en una copa de cristal azul. Cuando el malvado apuró el bebedizo empezó a roncar como un lirón. Aladino, que esperaba oculto, lo lió en una alfombra y se dirigió a la orilla del mar, donde lo arrojó.

Allí mismo, convocaron al Genio, que los llevó a ellos y al palacio nuevamente a su aldea.

Desde entonces nada volvió a turbar la dicha de Aladino y Amira. Hay quien dice que hasta hoy, por las estrechas callejuelas de la aldea, corretean risueños sus nietos y bisnietos, contando a los forasteros que deseen oírla, su maravillosa historia de amor.

Los tres cerditos

Esto es lo que les ocurrió a tres cerditos hermanos. Cuando eran pequeños vivían con su madre, pero cuando les tocó hacerse mayores, cada uno quiso tener su propia casa en el bosque.

Su mamá los despidió con cariño, pero les advirtió:

—*Hijos míos, tened mucho cuidado, en el bosque acechan muchos peligros y no estaré yo para protegeros. Y, sobre todo, ¡no confiéis jamás en el mayor enemigo, el lobo!*

Los tres dijeron:

—*Sí, mamá, queda tranquila, ya somos mayores y sabremos cuidarnos muy bien.*

Después salieron juntos los tres. Sin embargo, al llegar a la primera encrucijada del camino, cada cual tomó una senda diferente para elegir el lugar donde quería vivir.

El primero de los cerditos era muy perezoso. Apenas dio unos pocos pasos se sintió cansado y se detuvo:

—*Aquí mismo haré mi casa. ¡Qué más dará cerca o lejos!*

Escondido tras un árbol, el astuto lobo lo miraba atento.

—*Además* —pensó este cerdito— *la haré con paja trenzada. La paja es ligera y no tendré que hacer mucho esfuerzo para cargarla. Así acabaré de construirla más pronto que con otro material.*

Fue a buscar unas cuantas brazadas de paja y enseguida tuvo su casa lista. Entonces se metió dentro y se echó a dormir.

El lobo estaba encantado, se frotó las patas y se dijo:

—*Voy a ver qué hacen los otros cerditos. En cuanto al primero, comérmelo será coser y cantar.*

Li, li, ri, li, li... Y se alejó silbando...

El segundo cerdito era muy sentimental. Escogió el sitio más pintoresco que vio, junto a un arroyo y rodeado de plantas silvestres de hermosas flores y aromáticas hojas, y afirmó:

—*Oh, esto es encantador. ¡Aquí viviré en paz y armonía!*

Oculto tras unas matas, el fiero lobo no le perdía un paso.

—*Quizás* —opinó este cerdito— *deba hacer mi casa de madera. La madera es noble y si trabajo con esmero podré tallar en ella hermosas figuras.*

Fue a buscar unos troncos, serruchó, clavó y pulió y al cabo de un día entero de labor, pudo habitar su casa.

El lobo no cabía en sí de
alegría, agitó su larga cola y se dijo:

—*Vaya cerdito más inocente. Comérmelo será coser y cantar.*

Pero antes, he de ver qué está haciendo el tercer cerdito.

Li, li, ri, li, li... Y se alejó silbando...

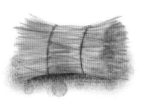 El tercero de los cerditos era muy diferente a sus hermanos: cauto y precavido, reco-
rrió prácticamente todo el bosque, y pensó:

—*Haré mi casa en un lugar seguro, al abrigo del viento y el granizo y, por supuesto,
tendrá que ser a prueba de lobos y otras fieras.*

Después, eligió un sitio en la falda de una colina para que su casa estuviera resguardada por
detrás y a la altura suficiente para ver a cualquiera que se acercara por allí.

El lobo lo siguió sigilosamente, con las orejas tiesas.

—*Además* —decidió el tercer cerdito— *mi casa será de piedra y ladrillo, muy fuerte; estará fresca
en verano y, durante el invierno, la caldearé encendiendo un buen fuego en la chimenea.*

Fue a buscar tejas, ladrillos y cemento, los acarreó en una carretilla, y luego, trabajando de sol
a sol, en pocos días tuvo una casa muy segura y se instaló en su interior.

Hay que decir que esta vez el lobo no vio ningún motivo de alegría. Para colmo, antes de
alejarse, tropezó con una cerca que había levantado el cerdito alrededor de su casa. Y así,
ay, ay, ay, ay, saltando a la pata coja, se alejó preocupado...

La noche siguiente, el lobo decidió hacerle una visita al primer cerdito, poco antes de cenar.

Tocó a la puerta y el cerdito, desde dentro, preguntó:

—*¿Quién es?*

—*Soy tu vecino, el lobo, abre y nos conoceremos.*

Pero el cerdito contestó:

—*¿Me has tomado por tonto? Tú lo que quieres es comerme asado con patatas.*

Poco le importó esto al lobo y, conociendo la fragilidad de la casita de paja,
empezó a soplar y a resoplar hasta que sus paredes empezaron a inclinarse, y a punto estaba ya
de caerse el tejado, cuando el cerdito no tuvo más remedio que huir, saltando por la ventana, y
corrió a refugiarse en casa de su hermano.

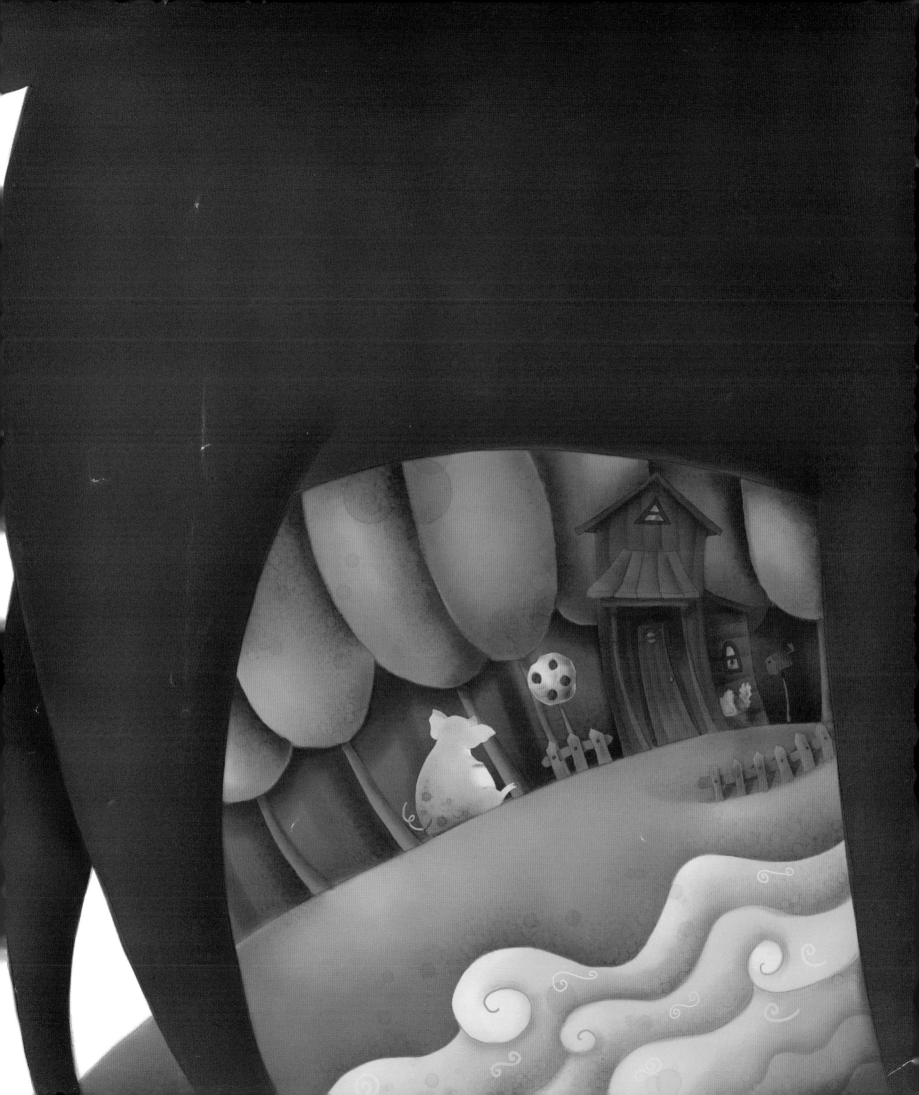

El lobo se sacudió unas briznas de paja que le habían caído encima
y se fue tranquilo a casa del segundo cerdito, pensando:

—*Mejor me lo pones, ¡me comeré dos en lugar de uno!*

Cada vez tenía más hambre…Tocó a la puerta
y el segundo cerdito, desde dentro, contestó:

—*¿Quién es?*

—*Soy tu amigo el lobo, abre
y nos saludaremos.*

Pero este cerdito también se negó:

— *¿Por quién me tomas? Tú lo que
quieres es comerme guisado con setas.
¡Fuera de aquí!*

El lobo, que esperaba esta respuesta o una
parecida, empezó a empujar y a golpear
hasta que las paredes de madera empezaron
a crujir, y a punto estaba ya de derrum-
barse el tejado, cuando los dos cerditos
escaparon por la puerta trasera y
corrieron a refugiarse en casa de
su hermano.

El lobo se quitó unas astillas
que le habían caído encima
y se fue, un poco descom-
puesto, rezongando:

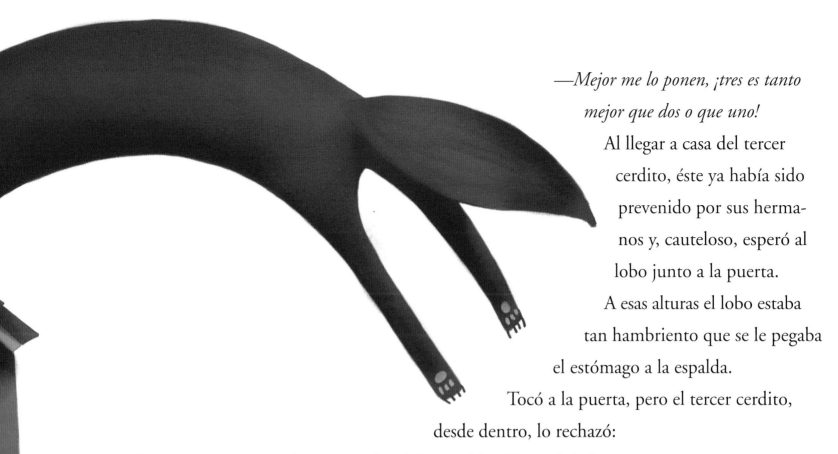

—Mejor me lo ponen, ¡tres es tanto mejor que dos o que uno!

Al llegar a casa del tercer cerdito, éste ya había sido prevenido por sus hermanos y, cauteloso, esperó al lobo junto a la puerta.

A esas alturas el lobo estaba tan hambriento que se le pegaba el estómago a la espalda.

Tocó a la puerta, pero el tercer cerdito, desde dentro, lo rechazó:

—Sé quien eres y ya puedes irte por donde has venido. ¡No te abriré!

El lobo, enfurecido, amenazó:

—¡Pues ya verás lo que queda de tu casa!

Y comenzó a soplar, a empujar y a patear pero, por más que lo intentó, no consiguió mover ni un poquito la sólida casa del tercer cerdito. Entonces gruñó enfadado:

—No tenéis salvación, cerditos, treparé al tejado y entraré por la chimenea.

Al oír sus palabras, el dueño de la casa, que había encendido el hogar, llenó una enorme cacerola con agua y la puso a hervir encima del fuego, sin su tapadera.

Cuando el lobo se deslizó por la chimenea, cayó en el agua hirviendo y se escaldó la cola. Soltando un alarido, salió huyendo dolorido, a toda velocidad, y nunca más regresó. Cuentan que, desde entonces, no ha vuelto ni a pensar en comerse un cerdito.

La Cenicienta

Érase una muchacha muy desdichada porque su madrastra y sus dos hermanastras eran muy malas, además de feas.

Y como le tenían envidia porque ella era guapa y de buen corazón, se aprovechaban a su costa todo lo que podían.

Barría, fregaba y guisaba, mientras ellas vivían como reinas.

—*¡Sírveme el desayuno en la cama!*

—*¡Plánchame el traje nuevo!*

Cuando acababa sus tareas, la joven caía agotada de cansancio y tenía que acostarse en el suelo, duro y frío, de la cocina. Para calentarse, se echaba entre las brasas apagadas del fogón, pero, ¡ay! su pelo y sus ropas se llenaban de ceniza. Por eso, sus hermanastras, muertas de risa, la apodaron Cenicienta y también la madrastra empezó a llamarla así.

—*Cenicienta, ¡Saca brillo a la plata!*

—*¡La sopa está fría, Cenicienta y la limonada caliente, eres muy torpe!*

Pero por más que la fastidiaban, ella se tomaba todo con buen humor. Para alegrarse inventaba canciones para sus amigos, los animales.

Al gatazo pelirrojo que dormía junto a ella en la cocina, lo acunaba:

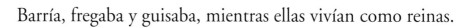

duérmete gatito que es de noche ya y un sueño bonito esperando está

En el huerto tenía conejos de pelo blanco, y cuando los alimentaba les decía llena de melancolía:

— *Ay, si pudiera cambiar mi suerte por la vuestra... ¡Qué feliz sería!*

Un buen día, los heraldos del rey anunciaron que se iba a celebrar un baile
de gala en el palacio para festejar el cumpleaños del príncipe.
Y como el heredero estaba buscando esposa, estaban invitabas
todas las muchachas casaderas.

—*Hijitas, hijitas* —chilló la madrastra— *¡Ésta es nuestra oportunidad!*
Comenzó un ir y venir a tiendas, modistos y lujosas joyerías porque
las feísimas hermanas querían emperifollarse para enamorar al príncipe.
¿Y quién era la que tenía que ayudar en todo?:

Cenicienta,
¡por supuesto!

Cuando por fin llegó el día del baile y oyó, que la codiciosa madrastra antes de salir, decía:

—*¡Sin duda, queridas hijas, seréis las más hermosas del baile! ¡El príncipe caerá rendidamente enamorado a los pies de una de vosotras!*

Cenicienta ya no pudo aguantar más y se echó a llorar.

Y entonces apareció ante sus ojos una sonriente dama de aspecto bondadoso.

Cenicienta creyó que estaba soñando.

Pero no: ¡Había recibido la visita de su hada madrina!, que le aseguró:

—*¡No llores más, querida, también tú irás al baile!*

Y la tocó con su varita mágica, transformando su horrible delantal en un elegante traje de seda bordado con hilos de oro y plata y cambiando sus gastados zuecos por unos delicados zapatitos de cristal. Después el hada dijo:

—*Y bien, necesitamos un carruaje...*

Le preguntó si cultivaba calabazas en el huerto.

—*Oh, sí señora ¡muy gordas y hermosas!* —respondió Cenicienta.

—*¡Corre a traer una!* —pidió el hada mientras miraba con atención al gato pelirrojo.

Cenicienta trajo la calabaza y el hada... ¡flim! la convirtió en una carroza.

Dio un toque de varita al gato y... ¡flam! lo transformó en un elegante cochero. Y también tocó a los conejitos blancos que lo observaban todo, llenos de curiosidad, y... ¡flum!, se trocaron en ¡preciosos caballos blancos para tirar de la carroza!

Ya estaba a punto de marcharse la joven, cuando el hada le advirtió:

—*Mmmm, irás al baile, pero...con una condición...*

Antes de que suene la última campanada de medianoche deberás regresar a toda prisa porque en ese mismo instante volverás a ser la Cenicienta, la carroza volverá a ser calabaza, el gato, gato será y, los caballos, otra vez los conejitos.

Cuando Cenicienta llegó al baile, todos se quedaron mudos por la sorpresa al ver a aquella bellísima dama que nadie conocía.

Al rey se le cayó el monóculo del ojo, la orquesta dejó de tocar y el príncipe se enamoró a primera vista.

Hasta la madrastra y las hermanastras, ¡verdes de envidia!, tuvieron que reconocer que aquélla era una peligrosa rival.

El príncipe la invitó a bailar y siguió bailando y bailando con ella, aunque el bastonero que dirigía la danza, a cada tanto le tiraba de la manga de la chaqueta para que bailara también con las otras muchachas.

Pero el príncipe no hacía caso y miraba embelesado los hermosos ojos de su pareja.

En lo mejor de la fiesta, antes de los fuegos artificiales, Cenicienta oyó sonar la primera campanada **de medianoche** y, sin despedirse, echó a correr tan rápido, que al bajar a toda prisa las escalinatas del palacio, perdió uno de sus zapatitos de cristal.

El príncipe se quedó de piedra y al cabo salió tras ella de inmediato, pero lo único que encontró fue el zapato perdido. Lo recogió con tristeza, dio por terminado el baile y se fue a dormir apenado.

Al día siguiente anunció que sólo se casaría con la misteriosa desconocida. Pero nadie sabía dónde poder encontrarla.

La reina, que era muy práctica, tuvo una idea y le dijo a su hijo:

—*Si encontramos el pie que calce ese zapatito, encontrarás a su dueña, la dama que se te escapó, de los pies a la cabeza.*

Entre tanto, Cenicienta había vuelto a sus pesadas labores y estaba muy abatida.

¡Ella también estaba enamorada del príncipe!

Entonces, nuevamente los heraldos del rey recorrieron las calles anunciando que dos pajes irían casa por casa para que todas las jóvenes se probaran el zapato. Y aquella en quien encajara la horma, se casaría con el príncipe.

Cuando llegaron a casa de Cenicienta con el zapatito de cristal puesto en un cojín de seda, las hermanastras se empujaron una a otra groseramente para ponérselo.

Ganó la mayor, pero por más que hizo, el zapatito le quedaba tan corto que los dedos de sus pies asomaban como salchichas.

A la pequeña, en cambio, le quedaba tan estrecho que los pajes tuvieron que usar un sacacorchos para sacarle medio pie del zapato.

—*¿Vive aquí alguna otra joven?* —preguntaron antes de marcharse:

Y Cenicienta, que había visto todo escondida tras una cortina, salió y dijo:

—*Sí, y quiero probarme el zapato.*

La madrastra gritó escandalizada:

—*¡Oh! ¡Qué insolente!*

Y las hermanastras furiosas:

—*¿Ehhh? Pero ¿qué te has creído tú, fregona?*

Los pajes ofrecieron el zapatito a Cenicienta, que se lo puso y, por supuesto, le calzó perfectamente, porque era suyo.

Las tres mujeres se quedaron boquiabiertas por el asombro y amarillas de rabia.

Cenicienta y el príncipe se casaron y como ella era tan bondadosa y no guardaba rencor a su madrastra, la invitó a su boda y también a sus hermanastras, que allí conocieron a dos caballeros con los que pronto se casaron.

Caperucita Roja

 Érase una niña a la que todos llamaban Caperucita roja, porque siempre vestía un vestido rojo con una caperuza a juego que le había cosido su abuela, que era muy habilidosa en labores.

Una mañana su mamá le dijo:

—*Abuela está malita en la cama, le prepararemos una cesta con un frasco de miel, una botella de jarabe de especias y una tarta y te vas a visitarla. ¡Seguro que se alegrará mucho de verte y todo lo que le lleves le sentará muy bien!*

Caperucita, que quería mucho a la anciana, corrió contenta a arreglarse.

Antes de salir, la madre le dio un beso y advirtió:

—*Hija, no te detengas a hablar con ningún desconocido y ten cuidado porque me han dicho que anda merodeando por el bosque un* LOBO FEROZ.

—*Sí, mamá* —dijo obediente Caperucita.

Para ir a casa de su abuelita la niña tenía que atravesar un frondoso bosque por el que le encantaba pasear, mientras las ardillas subían y bajaban de los troncos de los árboles, se oía cantar a los pájaros y las mariposas danzaban alegremente alrededor.

Oculto tras unos matojos, el lobo la vio pasar... y saliéndole al paso, la saludó muy amable:

—*Buenos días, preciosa niña, ¿cómo te llamas?*

—*Caperucita roja.*

—*Oh, ¡qué nombre tan bonito! ¿Y adónde vas, Caperucita?*

Confiada, la niña le contestó:

—*Voy a ver a la abuela que está malita y a llevarle una cesta que le manda mamá.*

—*Ajá* —dijo el lobo— , *eso está muy bien, eres una niña muy buena. Y por cierto* —siguió astuto— : *¿Tu abuelita vive lejos?*

—*¡Claro que no! Junto a la linde del bosque, al otro lado del mismo.*

—*Pues mira* —propuso entonces, el muy ladino— , *seguro que le encantaría que le llevaras también unas flores.*

—*¡Qué buena idea!* —se entusiasmó Caperucita— *todavía es temprano y me dará tiempo a coger un buen ramillete y llegar antes de que oscurezca.*

—*Pues, entonces, adiós, espero volver a verte muy pronto, Caperucita.*

Y se fue relamiéndose y pensando:

¡YA LO CREO QUE TE VERÉ
Y MÁS PRONTO DE LO QUE TE IMAGINAS!

Después, corrió a casa de la abuela.

¡TOC, TOC! golpeó la puerta el lobo.

Desde dentro, la abuela, pensando que era su nieta, con voz débil contestó:

—*Está abierto, pasa, querida...*

El hambriento animal apenas entró se la comió de un bocado, sin masticar. Todo fue tan rápido que ella no se dio ni cuenta de lo que había ocurrido.

Acto seguido, el lobo se disfrazó con el camisón de la abuelita, se cubrió la cabeza con su gorro de dormir, se puso sus gafas y se echó en la cama a esperar a Caperucita, bajo el edredón de plumas.

Un rato después la oyó tocar a la puerta, y copiando la voz de la viejecita, repitió sus palabras:

—*Está abierto, pasa, querida...*

Caperucita se acercó a la cama para abrazar a su abuela y entregarle el bonito ramo de flores que le llevaba, y la notó muy distinta. Pensó apenada:

—*¡Qué mal le ha sentado esta enfermedad!, no parece la misma, está muy rara...*

El lobo se dio cuenta de que algo extraño le pasaba a la nena, que lo miraba con mucha atención, y para distraerla, le preguntó volviendo a imitar a la anciana:

—*¿Qué te pasa, tesoro, no le das un beso a tu abuelita?*

Ella tartamudeó:

—*Abuelita..., te noto tan cambiada..., ¡qué ojos tan grandes tienes!*

—*Claro* —contestó el lobo— *son para verte mejor, preciosa.*

—*Ahhh* —dijo Caperucita— *, pero es que además..., ¡qué orejas tan grandes tienes!*

—*Por supuesto, son para oírte mejor.*

Y aunque Caperucita seguía pensando que aquello era muy extraño, aún se atrevió a decir:

_ *¡Y qué boca tan grande tienes...!*

¡Para comerte mejor!

Y dando un salto para atraparla, de un bocado, sin masticar ni nada, se la comió.

En la oscura panza del lobo se encontraron Caperucita y su abuelita, sin saber qué hacer, mientras escuchaban los tremendos ronquidos del lobo, que dormía pesadamente después de tanta comida.

Al anochecer, unos leñadores que pasaban por allí, se sorprendieron al ver que la casa de la anciana estaba en la más completa oscuridad. Y uno dijo:

—*Podríamos entrar a ver a la anciana, he oído decir que no andaba muy bien de salud...*

Se acercaron a la puerta y golpearon varias veces sin obtener respuesta. Entonces entraron y ¡cuál no sería su sorpresa al ver al lobo durmiendo a pata suelta, vestido con las ropas de la viejecita y con la barriga inflada de tanto comer!

Inmediatamente comprendieron lo ocurrido y, confiando en que el lobo no despertara, con mucho cuidado, le abrieron la panza y ayudaron a salir a la abuela y a Caperucita.

—*Gracias, gracias. ¡Qué hubiera sido de nosotras sin vuestra ayuda!* —dijo la abuelita.

Sin perder un instante, los leñadores llenaron la barriga del lobo con piedras y luego se la cosieron hábilmente, arrastrando su cuerpo fuera de la casa.

Cuando despertó, el lobo tenía muchísima sed, y al verse junto al río, se inclinó para beber de sus aguas, pero como las piedras le pesaban tanto, perdió el equilibrio y se cayó. ¡Chof!

Nunca más se lo vio merodear por el bosque
y nunca más Caperucita desobedeció
la orden de su mamá de no hablar con ningún desconocido,
sobre todo,

si éste era un LOBO FEROZ!

Juan sin miedo

Había una vez dos hermanos que eran muy distintos entre sí. El mayor se llamaba Pedro y el menor se llamaba Juan.

Uno era rubio y otro moreno. Uno delgado y otro robusto.

Uno reía por todo y otro lloraba por nada.

Y además, uno, al contrario que el otro, no tenía miedo nunca.

Su madre decía:

—*¿Qué vamos a hacer con Juan? Hay que ver, a este hijo mío, ¡no hay nada que le dé miedo!*

Incluso mira hacia los relámpagos en noches de tormenta, mientras todos se refugian aterrorizados.

Y así era, a tal punto que todos comenzaron a llamar al joven Juan sin miedo.

Él mismo solía preguntarse:

—*Eso del miedo, ¿qué será?*

Y observaba con curiosidad a la gente cuando se echaban a temblar al oír historias de fantasmas.

Un buen día, Juan decidió ir a conocer el miedo; se despidió de su familia y echó a andar.

Siguió sendas y caminos, atravesó valles, subió a montes escarpados y entretanto conoció a personajes curiosos, divertidos o aburridos, pero no se topó con el miedo.

Cierto día llegó a la capital del reino y fue a ver los jardines que rodeaban el palacio, cuando observó un gran ajetreo a su alrededor.

Un paje iba fijando en los troncos de los árboles un cartel que decía lo siguiente:

"Por expresa voluntad del rey, bla, bla, bla, a aquel que tenga el valor de pasar tres noches seguidas en el castillo encantado, *se le otorgará la mano de la princesa..., bla, bla, bla..."*

Y ni corto ni perezoso pidió audiencia con el rey y le dijo:

—*Majestad, yo iré al castillo ahora mismo.*

El monarca se sorprendió muchísimo al oírlo, y de inmediato pensó: "*Este chico no es de por aquí, no sabe los peligros a que se expone, debo advertirle que muchos intentaron la hazaña de dormir en el castillo, pero ¡ay!, huyeron presa de espanto.*"

—*Muchacho* —dijo el rey—, *no dudo de tu valentía, ¿sabes pero a lo que te expones?*

—*Me gustaría saberlo...* —respondió Juan—, *estoy decidido y no se hable más.*

Y continuó en su estilo llano:

—*Por cierto, ¿es guapa la princesa?*

—*Oh*— exclamó el rey, boquiabierto por tal desenfado.

Y lo condujo hasta un ventanal, desde donde podía verse a la princesa en una torre, leyendo.

Entusiasmado, porque era muy bella, Juan repitió convencido:

—*¡Allá voy!*

Dos guardias lo acompañaron hasta la entrada del castillo y después se fueron más rápido que volando. Él abrió la herrumbrosa puerta con una enorme llave que hizo crujir la madera vieja. Recorrió parte del castillo, apartando a fuerza de soplidos las telarañas que le impedían el paso. Al anochecer encendió un fuego en la chimenea y se echó a dormir. A medianoche lo despertó una carcajada espeluznante. Abrió un ojo y vio a una bruja horrenda. Observando las temibles garras de sus pies y de sus manos, que ya se disponían a apresarlo, le dijo, medio dormido:

—*Abuelita, si vas descalza te puedes resfriar. Anda, vete a la cama que es tarde...*

Y canturreó:

"Bruja, brujita, vete a la camita."

luego se volvió a dormir.

Desconcertada, la bruja se marchó cabizbaja.

Por la mañana, el joven despertó tan alegre como siempre y recorrió otra parte del castillo. Aquí le tocó ahuyentar a manotazos a todo tipo de insectos, lo que no le supuso ninguna dificultad.

Una vez más se hizo de noche, encendió el fuego y se dispuso a dormir.

Sería de madrugada cuando oyó unos rugidos espantosos que lo sacaron de su profundo sueño.

Y vio a dos **enormes tigres** que mostraban sus afilados colmillos y se relamían ante la idea de devorarlo.

Juan se levantó, rezongando:

—*Uf, en este castillo no hay quien duerma.*

Acercándose a los tigres, con un rápido juego de manos los ató por las colas, de modo que, al moverse, tironeaban el uno del otro. Y les dijo:

"Tigrecitos, tigrecitos, silencio y ¡quietecitos!"

Los tigres se marcharon llorosos, moviéndose con gran dificultad. Y Juan se volvió a dormir.

Despertó al amanecer y se fue a recorrer la zona del castillo que le quedaba por ver. Hay que decir que sólo encontró roedores a los que ahuyentó silbando.

La tercera noche fue la más ajetreada de todas. En medio de su sueño, Juan recibió la visita del habitante del castillo, del que se había apoderado años atrás y que, a fuerza de terror, alejaba de allí a los habitantes del reino.

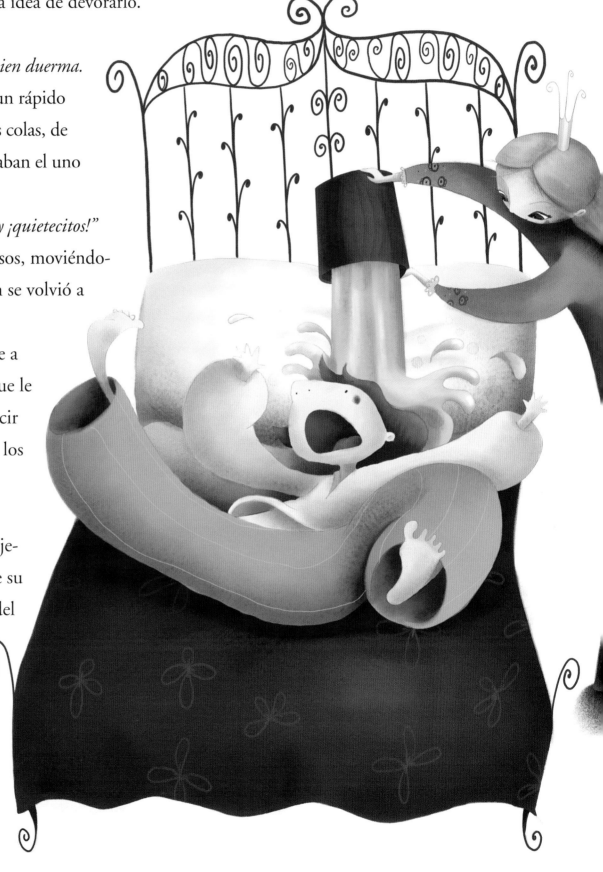

¡Era un *monstruo de tres cabezas*

a cuál más horrible! Echaba humo por los inmensos agujeros de sus narices y rugía con tres tonos de voz por sus tres gargantas. Al estornudar, derribaba incluso árboles, y sus malvadas carcajadas se oían a kilómetros de distancia.

Golpeó el suelo con una de sus patas, y entonces despertó a Juan, que se incorporó y le dijo:

—*Pero ¿qué veo?, ¿un ser con tres cabezas? Debo estar soñando aún...*

El monstruo, ofendido, lo cogió, lo levantó hasta que lo tuvo a la altura de sus ojos y rugió:

—*¿Cómo te atreves a dudar de mi existencia?*

Juan aprovechó su privilegiada posición, tomó con sus manos las cabezas del ogro, las juntó, y las retorció algo por aquí y un poquito por allá, hasta que formó una sola:

—*Así es como debe ser una cabeza, una y no tres. ¿Dónde se ha visto semejante disparate?*

El ogro, confundido, lo dejó en el suelo, mientras oía su recomendación:

"*Y ahora, ogro bonito, déjame descansar un poquito.*"

Una vez hubo cubierto su estancia de tres días en el castillo, Juan volvió al palacio.
El rey lo recibió con todos los honores y lleno de admiración por su hazaña.
Y así se casó con la princesa, que aceptó encantada el enlace. Pero cuando el joven le contó lo ocurrido en el castillo, ella decidió hacer algo al respecto.

Una noche, cuando su esposo estaba profundamente dormido, ella fue a por una jarra y la llenó de agua fría. Luego regresó a sus aposentos y se la echó a Juan encima.
Juan despertó despavorido, una sensación desconocida le recorría el cuerpo, temblaba como una hoja y apenas podía hablar, tanto terror lo embargaba.
Y así fue como conoció *el miedo,* gracias a la ingeniosa idea de su esposa, la princesa.

Blancanieves
y los siete enanitos

Después de dar a luz a una niña a la que llamó Blancanieves, la reina de un país muy lejano, murió. Pasado el tiempo, el rey casó nuevamente con una mujer muy bella, pero cruel y vanidosa. Lo único que le importaba eran los trajes, las joyas y su belleza. Tenía un espejo mágico en el que se miraba todos los días, y todos los días preguntaba:

Espejito, espejito dime una cosa ¿quién es la mujer más hermosa?

Y el espejo respondía:

¡Reina y ama poderosa, tú eres la más hermosa!

Blancanieves, que crecía esbelta y bellísima, era completamente distinta a su madrastra; humilde y de carácter sencillo.

Un día, la soberana, después de peinarse y acicalarse durante largas horas, tomó el espejo mágico y cuando vio su rostro reflejado en el cristal, hizo la pregunta de siempre.

El espejo, que no mentía nunca, repuso:

Reina y ama poderosa, ahora Blancanieves es la más hermosa

A punto estuvo la malvada mujer de estampar el espejo contra la pared, tal era la furia que sentía, así que decidió trazar un plan para eliminar a su joven rival.

Entonces llamó a un cazador y le ordenó:

—*¡Llévate a Blancanieves al bosque y mátala!*

El hombre se horrorizó al oírla, porque apreciaba mucho a la muchacha.

—*Toma este cofre y tráeme en él el corazón de Blancanieves como prueba* —le encomendó la madrastra.

¿Qué podía hacer el pobre cazador? ¡Debía obedecer a aquella desalmada! Fue en busca de Blancanieves y le pidió que lo acompañara a dar un paseo. Cuando llegaron al bosque, le confesó todo:

—¡Huye, Blancanieves! Ya veré yo cómo engaño a tu madrastra y, ¡por favor, no vuelvas nunca, querida niña, porque tu vida aquí corre peligro!

Y dejándola sola, cazó un jabalí, le sacó el corazón y lo metió en el cofre.

A la mañana siguiente, convencida de que Blancanieves estaba muerta, la madrastra le preguntó al espejo mágico:

Espejito, espejito, una preguntita…, ¿quién es la mujer más bonita?

Pero casi se muere de rabia cuando aquél volvió a decir:

La más bonita, mi ama, está en el bosque escondida
y no es otra que Blancanieves porque aún sigue con vida.

En ese mismo momento la joven lloraba y estaba muy asustada. Anduvo sollozando día y noche hasta que llegó a un claro donde había una casita.

Se acercó a pedir ayuda pero nadie le respondió y, como la puerta estaba abierta, entró.

Todo allí era diminuto: una mesa y a su alrededor siete sillitas, encima del mantel siete platitos con siete tenedorcitos, cuchillitos y cucharitas, siete copitas de agua y siete de vino.

—¡Qué raro! —dijo Blancanieves—, *todo es chiquitito y siete veces repetido.*

Subió por unas escaleras y descubrió un dormitorio con siete camitas… Al verlas, el cansancio pudo más que su asombro. Colocó las siete camas una junto a la otra y se echó, quedándose dormida en aquel mismo instante.

Aún dormía cuando por la tarde volvieron de trabajar los habitantes de la casa que eran siete enanitos.

Apenas entraron se dieron cuenta de que algo extraño había ocurrido.

El mayor se enfadó mucho, a otro le dio por reír, uno se puso a toser y el siguiente a estornudar; el quinto decidió silbar, un enanito aplaudía sin parar, pero el último, en nombre de todos, dijo:

¡Córcholis, repámpanos y tarabitas alguien ha entrado en nuestra casita!

Subieron atropellándose unos a otros por las escaleras hasta que, al entrar en el dormitorio vieron a Blancanieves.

Con tanto ruido, ella despertó alarmada y vio a los siete enanitos, barrigones, con las barbas muy pobladas, mirándola sorprendidos.

Un enanito preguntó:

—*¿Quién eres tú y qué haces aquí?*

Entonces Blancanieves les contó su historia.

—*¡Oh, quédate con nosotros! ¡Ésta es tu casa, no te apures! ¡Aquí estarás bien!* —dijeron todos a coro.

Por supuesto, la joven aceptó y agradeció la buena acogida de los enanitos y vivieron juntos y muy felices durante un tiempo.

En el palacio, la reina no se daba por vencida porque el espejo seguía diciéndole que Blancanieves era la más hermosa. Cierta mañana, le reveló también dónde se ocultaba.

Entonces, la vengativa mujer, preparó una poción con la que envenenó una apetitosa manzana y se dirigió a la casita del bosque disfrazada de anciana desvalida.

Los enanitos habían advertido una y mil veces a Blancanieves que no abriera la puerta a nadie. Pero cuando ella oyó tocar y miró por la ventana, vio a una viejecita vestida con harapos de apariencia inofensiva y abrió la puerta.

—*Pasa, pasa y descansa por favor* —la invitó Blancanieves.

—*Gracias, mi querida niña* —dijo con voz quejosa la madrastra. Y sacando de un cesto la hermosa manzana se la ofreció—: *Acéptala en señal de mi gratitud.*

Cuando la muchacha dio el primer bocado, se desplomó. Entonces, satisfecha por el triunfo, la bruja se marchó riendo a carcajadas.

Cuando regresaron los enanitos y encontraron a la joven en el suelo, la creyeron muerta y llorando decidieron colocar su cuerpo en un urna de cristal.

En eso estaban cuando oyeron los cascos de un caballo. El jinete era un príncipe que pasaba por allí y se había sorprendido al ver la casa de los enanitos.

Descabalgó y fue a saludarlos. Entonces se lo contaron todo. Él contempló a Blancanieves y le dio un beso pensando que era la chica más hermosa que había visto jamás.

Y, sin saberlo, consiguió romper el hechizo al que había sido sometida. Porque la princesa no había muerto sino que estaba profundamente dormida y despertó con aquel beso de amor.

Los jóvenes se casaron y le contaron toda la historia al rey, el cual los bendijo y desterró para siempre a su malvada mujer.

Ricitos de Oro

A una simpática niña que tenía el pelo rubio y muy rizado la llamaban todos cariñosamente Ricitos de Oro. Todos los días, después de peinarla, su mamá lo adornaba con un bonito lazo azul. Era una nena alegre, inquieta y muy curiosa. Una tarde se fue a recoger flores al bosque.

Comenzó a andar, cogiendo una flor aquí y otra allá y, sin darse cuenta, cada vez se internaba más en la frondosa arboleda. Hasta que, de pronto, llegó a un claro y se detuvo, pensando que era hora de volver a casa. Pero cambió de idea porque al final de un camino que nacía allí mismo vio una casa muy bonita.

Y llena de curiosidad fue derecha a la cabaña, que era grande, estaba hecha de madera y tenía el tejado pintado de rojo, las ventanas de verde y la puerta de azul.

Ricitos de Oro decidió llamar a la campana que había junto a la puerta. Pero aunque sonó varias veces, nadie contestó ni salió a recibirla. Entonces empujó la puerta y, como no estaba cerrada con llave, se abrió. Entró pasito a pasito, caminando de puntillas y, empezó a mirar a su alrededor. Le pareció que la cabaña era todavía más bonita por dentro que por fuera y decidió recorrerla.

Lo primero que vio fue la cocina, donde había una mesa cubierta por un mantel a cuadros, y encima de la mesa, tres tazones. Pero no eran tres tazones iguales. Uno era grande, otro mediano y el tercero, pequeñito.

Los tres estaban llenos de leche con miel, y como Ricitos de Oro tenía mucha hambre, decidió tomar un poco.

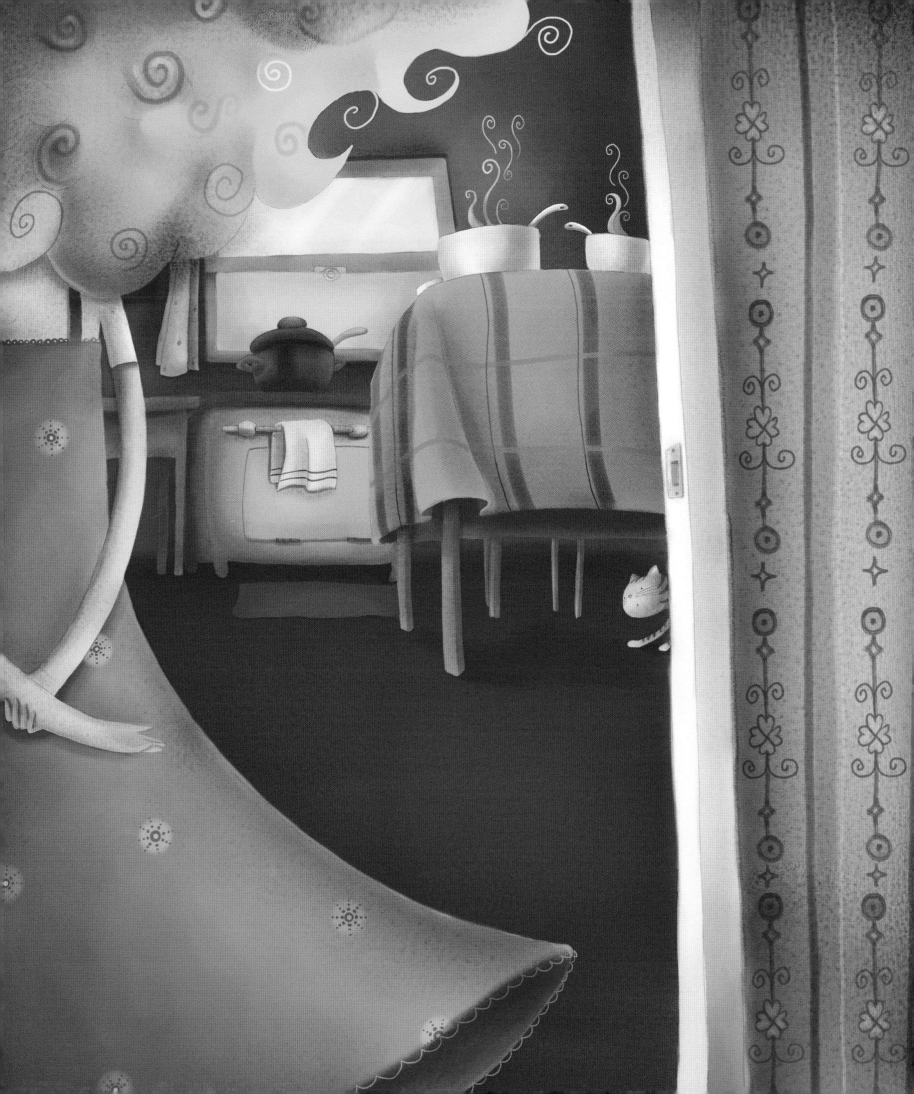

Probó la leche del tazón grande, pero en seguida lo volvió a dejar encima de la mesa:

—Ay —exclamó— *¡Qué caliente está!*

Luego, probó la leche del tazón mediano, pero también lo dejó en la mesa.

—Puaj —chilló— *¡Qué dulce está!*

Y al final, probó la leche del tazón pequeñito y le gustó tanto que se la tomó toda y quedó muy satisfecha.

Siguió mirando, haciendo honor a su curiosidad, y vio una sala donde había tres sillas muy bonitas con asientos de terciopelo. Ricitos de Oro los tocó y eran muy suaves. Pero las tres sillas no eran iguales. Una era grande, otra mediana y la tercera, pequeña.

La niña quiso sentarse en la silla grande, pero no pudo, porque el asiento estaba muy alto y no consiguió alcanzarlo. Luego, quiso sentarse en la silla mediana, pero su asiento era muy ancho y resbaló hasta el suelo.

Y al final, se sentó en la silla pequeña, pero cayó encima del asiento con tanta fuerza que la silla se partió en mil pedazos.

Entonces se fue corriendo de aquella sala, asustada, y siguió curioseando el resto de la cabaña.

Y así fue como encontró un cuarto en el que había tres camas. Pero no eran tres camas iguales. Una cama era grande, otra mediana y la tercera, pequeña.

Ricitos de Oro quiso acostarse en la cama grande, pero tenía un colchón tan duro que hacía daño y se bajó. Luego quiso acostarse en la cama mediana, pero tenía un colchón tan blando que se hundía y también se bajó.

Y al final, se acostó en la cama pequeñita, y le pareció tan cómoda que se puso a bostezar y al instante se durmió.

Y mientras Ricitos de Oro dormía, volvieron del bosque los dueños de la cabaña. Era una familia de osos que acostumbraba dar un paseo por el bosque, todos los días, mientras se enfriaba la leche que tomaban para merendar.

El más grande de la familia era papá Oso, que llevaba un gran sombrero de copa. La mediana era mamá Osa, que llevaba una pamela, y el Osito pequeño era su hijito, que llevaba la cabeza cubierta con un gorrito de lana.

Apenas entraron a su casa se fueron directamente a la cocina para tomarse la leche, pero pronto se dieron cuenta de que pasaba algo raro:

—¡Eehhhh!, *alguien tocó mi tazón de leche* —se enfadó papá Oso.

—Hmmmm, *alguien cogió mi tazón de leche* —se alarmó mamá Osa.

—Buaahhh, *alguien se bebió mi tazón de leche* —, lloró Osito.

Al ver que lloraba, papá Oso y mamá Osa corrieron a consolar y a abrazar a Osito y le dijeron:

—*No llores, ven, vamos a la sala a jugar sentados en nuestras bonitas sillas de terciopelo.*

Pero cuando llegaron a la sala, papá Oso gruñó:

—Grrr, *alguien ha intentado subirse a mi silla...*

Y mamá Osa se quejó:

—¡Ajá!, *alguien se ha subido a mi silla...*

Y Osito lloró todavía más que antes y dijo:

—Ayyy, *papá, mamá, ¡alguien se ha sentado en mi silla y la ha roto!*

Los tres osos se miraron uno al otro. Papá se rascaba la cabeza, intrigado. Mamá se miraba las uñas, pensativa. Y Osito no paraba de frotarse los ojos llenos de lágrimas.

Por fin, decidieron que tenían que averiguar qué estaba ocurriendo.

Entraron en el dormitorio y papá Oso dijo:

—*Alguien ha tratado de acostarse en mi cama...*

Y mamá Osa agregó:

—*Alguien se ha acostado en mi cama...*

Y cuando Osito fue a mirar la suya, vio a Ricitos de Oro durmiendo en ella y gritó enfadado:

—*¡Hay alguien durmiendo en mi cama!*

Entonces la niña despertó, y al ver a los tres osos mirándola muy serios, se asustó y de un brinco saltó de la cama al suelo, de otro brinco se escurrió por una ventana de la cabaña que encontró abierta, y corrió rápido, rápido por el bosque hasta que halló el camino de vuelta a su casa.

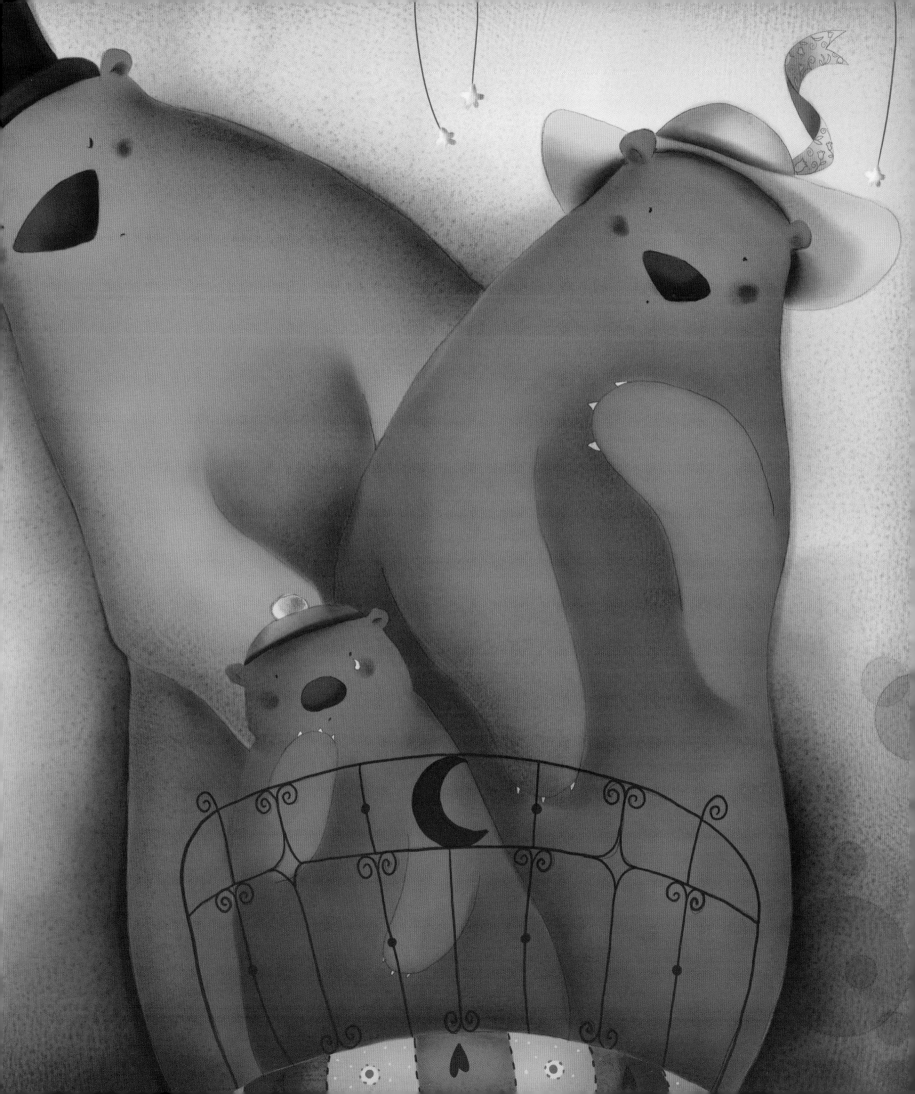

La princesa y el guisante

Un príncipe llevaba mucho tiempo buscando a una princesa para casarse. Y aunque había conocido a muchas, ninguna lo convencía del todo.

Por eso emprendió un largo viaje por el mundo en busca de una princesa auténtica que realmente le gustara.

Y conoció a princesas de sobra. En cierta ocasión y en una sola noche le presentaron a treinta y cinco princesas reales, pero a todas y a cada una, el exigente joven les encontró alguna pega.

Cierto día, al atardecer, se oscureció de pronto el cielo y se oyó repiquetear en los cristales de las altas ventanas del palacio débiles gotas de lluvia: Clic, clic.

¡Y al rato esas gotas se convirtieron en una gruesa cortina de agua, y poco después, se desató una terrible tormenta! pop, pop.

Los truenos sonaban tan fuerte:

¡Bummm, brum, brum! —que había que taparse los oídos.

Y los relámpagos se recortaban en el cielo negro:

¡Raj js, crash! —¡Daba miedo mirarlos!

Comenzó a llover a cántaros, las copas de los árboles barrían el suelo al paso del furioso resoplido del viento y daba la impresión de que, de un momento a otro, los tejados se echarían a volar.

Los reyes y el príncipe se sentaron junto a la chimenea, porque con ese tiempo no se podía salir, y estaban conversando cuando oyeron llamar a la puerta: Toc, toc.

—¡Qué raro! —dijo la reina— ¿A quién se le habrá ocurrido salir en una tarde como ésta?

El rey, por su parte, se levantó y fue a abrir.

En la puerta había una joven que dijo:

—Hola, soy una princesa y estoy de visita en el reino de aquí al lado.

El monarca pensó:

—No parece serlo en absoluto...

Pero la invitó:

—Pasa, pasa, no te quedes ahí, puedes pillar un resfriado. ¿Cómo es que has salido en un día así?

Y la princesa contestó:

—Muchas gracias, rey —y al mismo tiempo que entraba al palacio, explicó—: Cuando salí no llovía. Después de comer, decidí dar un paseo a caballo por el bosque. Pero, al rato, empezó la tormenta y con el primer trueno, mi caballo se asustó tanto que se desbocó.

El rey la escuchaba con atención y la chica continuó:

—A duras penas conseguí saltar y sujetarme a la rama de un árbol que se cruzó mi caballo, y ahí esperé hasta que amainó la lluvia y bajé del árbol para buscar un sitio en que refugiarme. ¡Y ya lo ves! Aquí estoy...

—*Bien* —Se dijo el rey—, *puede haberle ocurrido lo que dice, pero de ahí a que sea una princesa....*
Mmmm, ¡eso ya no está tan claro!

La muchacha tenía las ropas desgarradas, sucias y mojadas, chorreaba agua del pelo y llevaba las
botas cubiertas de barro. En fin, ¡que tenía una pinta desastrosa!

Pero el rey la guió hasta el salón de la chimenea. ¡A cada paso la muchacha iba dejando una
huella de barro y agua!: Chof, chof.

Cuando la presentó a la reina y al príncipe heredero como lo que decía ser, reaccionaron de
forma muy distinta.

El príncipe pensó esperanzado:

—*Aunque esté empapada, me gusta... ¡Quizá sea la que estoy esperando!*

Y la saludó muy contento.

La reina, en cambio, no estaba convencida de que fuera una princesa a la vista de su aspecto,
y dijo para sí misma:

«*Sea o no princesa, ha dejado la alfombra hecha un asco...*»

Pero la recibió cordialmente y de inmediato ordenó a sus criados que le dieran ropas secas para
cambiarse.

Cuando la joven volvió más compuesta, bien peinada y vestida, al príncipe le gustó todavía más
y también a sus padres les pareció simpática. Era de modales refinados y contaba anécdotas con
gracia y educación como hacen las princesas de linaje real.

Pero la reina no acababa de convencerse, aunque la invitó a cenar y a pasar la noche allí, porque
la lluvia arreciaba.

No perdía de vista ni un solo gesto de la chica y observó que usaba los cubiertos
correctamente y comía con delicadeza.

Sin embargo, frunció el ceño cuando dijo:

—*¡Puajjj! No, no, no, la sopa no la quiero. Ya tengo bastante con que se me*
obligue a tomarla todos los días en casa. Y como aquí soy una invitada...

—hizo un majestuoso ademán— *aprovecho y me la dejo...*

«*Oh* —pensó la reina—, *estos chicos son todos iguales, ¡con lo bien que va tomarse un plato de sopita caliente en un día de tormenta! Y, desde luego, sus desplantes son los de una princesa, ¡eso no se puede negar! ¿Y si lo fuera en verdad?*»

Entonces se le ocurrió un plan para averiguarlo.

La reina se hizo acompañar por un criado al cuarto de invitados y le ordenó que pusiera un guisante sobre el suelo de la cama. Hecho esto, le pidió que colocara sobre el guisante quince gruesos colchones y encima quince edredones bien rellenitos de plumas. Antes de irse a dormir, el príncipe le confió a su madre que estaba ilusionado, pero la reina le advirtió:

—*No tengo tan claro que sea una princesa. Espera a mañana por la mañana* —agregó con aire de misterio— *y lo sabremos con toda seguridad.*

Por la mañana, lo primero que le dijeron a la princesa, fue:

—*Buenos días, ¿has dormido bien?*

—*¡Qué va!* —respondió— *No he podido pegar ojo en toda la noche y tengo todo el cuerpo magullado y lleno de moratones...*

—*Oh* —dijo el príncipe, que no conocía el truco de su madre. Y preguntó:

—*¿Cómo es eso? ¿Qué te ha pasado?*

—*Mira, no sé yo lo que habría en esa cama, pero era algo que rodó y rodó de un lado al otro, molestándome tanto que fue imposible dormir.*

La reina comprendió que era una princesa de verdad, porque sólo alguien tan delicado y sensible podía notar un pequeñísimo guisante a través de quince colchones y quince edredones.

Discretamente le hizo una seña al príncipe y le susurró:

—*¡Es una princesa auténtica, hijo mío!*

El príncipe pidió la mano de la princesita, se casaron y fueron muy felices.

Dicen que en el museo del reino se conserva aún el guisante en una cajita de cristal. Y salvo que alguien se lo haya llevado, todo aquel que lo desea puede ir allí y admirarlo.

EL FLAUTISTA DE HAMELÍN

Esta historia sucedió en la hermosa ciudad de Hamelín, donde la vida era feliz, hasta que algo terrible vino a turbar la paz de sus vecinos.

Cierto día, un panadero fue a buscar harina. Para su sorpresa encontró el barril casi vacío; entonces, lo miró por todas partes hasta que por fin descubrió un agujero, por el que en ese mismo momento se escurría ¡una rata enorme!

Salió enseguida para alertar a todos que, al mirar sus despensas, las hallaron llenas ¡de ratas y ratones! Y las ratas eran tantas y tan atrevidas que husmeaban los guisos de las cacerolas, sorbían sopa de los cucharones y trepaban por los delantales de las cocineras.

Tan insoportable se hizo la vida que los vecinos se hartaron y fueron a exigir una solución al alcalde que, hasta entonces, no había hecho caso de sus quejas. Armados con cazos y cucharas, marcharon todos juntos al ayuntamiento y gritaron enfadados:

—*¡Queremos una solución!*

Y golpeaban con tanta fuera sus cazos que las autoridades no se atrevían a salir. Y los gritos seguían:

—*¡Esto no hay quien lo aguante!*

El alcalde no tuvo más remedio que dar la cara.

—*Queridos amigos* —empezó...

Pero no pudo seguir.

—*Eah, eah eah* —cantaba la gente— *¡el alcalde fuera!*

En nombre de todos, habló un vecino:

—*Si mañana queda una sola rata en Hamelín, ya puedes despedirte de tu cómodo sillón. ¡Inútil, sinvergüenza!*

Un profundo silencio se hizo en la plaza y ya se iba el alcalde, cuando se oyeron unas pisadas. Era un forastero que nadie había visto antes en Hamelín. Un extraño personaje que vestía una capa carmesí. Era espigado, de cabellera larga y oscura, tenía la mirada azul y una radiante sonrisa.

Entonces, el desconocido dijo:

—Señores, os ruego disculpéis que os interrumpa. Pero sé del mal que asola vuestra ciudad y os aseguro que tengo la solución: Puedo limpiar de ratas Hamelín, si lo dejáis en mis manos.

Y mostrando en ellas una flauta reluciente, añadió:

—*Poseo un secreto hechizo musical irresistible para ellas. Y es eficaz no sólo contra las ratas,*
sino contra cualquier alimaña, insecto o mal bicho que ande, nade o vuele…

Un vecino guasón dijo:

—*¡Prueba con el alcalde!*

Todos rieron y el alcalde, rojo de ira, se atrevió a espetar:

—*¿Qué acabas con las ratas tocando la flauta? ¡Qué iluso…!*

—*Sí señor y, si dudáis de mi palabra, dadme sólo unas horas, nada perderéis con ello. Pero, si digo*
la verdad y, puesto que soy un hombre pobre, quiero a cambio de mi labor cien monedas de oro.

El alcalde no pudo menos que aceptar:

—*Muy bien. Tienes mi palabra: si echas las ratas, pagaré lo que pides.*

El flautista giró graciosamente y comenzó a tañer su flauta por las calles de Hamelín. Y al son
de su mágica melodía comenzaron a salir de agujeros, sótanos, cuevas y a saber de dónde más,
miles de ratas que iban formando filas cada vez más largas tras el músico.

Finalmente, el joven tocó tres notas agudas y se dirigió hacia el caudaloso río que pasaba cerca
de Hamelín. Tras él, danzaban las ratas hechizadas. Y una tras otra, sin darse cuenta, caían al río
al son de la flauta, mientras él sonreía y tocaba, tocaba y sonreía…

Entre tanto los hamelinenses, locos de alegría, salieron a la calle para aplaudir al flautista y,
agradecidos, lo acompañaron a buscar su recompensa.

Pero el alcalde los recibió apropiándose del éxito:

—*Mis queridos amigos* —decía— *ya veis que os he librado de la plaga que azotaba Hamelín…*

Y todos lo abuchearon, pero el alcalde –como si no oyera– seguía pavoneándose. Hasta que el
forastero lo interrumpió y preguntó amablemente:

—*¿Qué hay de lo pactado? Te cedo el mérito, pero me debes cien monedas de oro.*

El alcalde pensó: "*¿Cien monedas de oro a este vagabundo?, cien azotes le daría yo*". Y haciéndose
el desmemoriado, respondió:

—*¿Qué te debo yo algo a ti…?*

—*Prometí librar a la ciudad de las ratas y eso he hecho.*

—*¡Qué disparate! Lo único que hemos visto es que las ratas salieron a dar un paseo y, equivocando el*
rumbo, cayeron al río y se ahogaron.

Un murmullo de protesta se oyó entre la gente y el flautista dijo, muy serio:

—*Has dado tu palabra, ¡cúmplela!*

—*¿Yo?* —dijo con desprecio—. *Como mucho te daré una moneda, una sola moneda de oro.*

Y la arrojó al aire.

El flautista la dejó caer al suelo y advirtió:

—*¡Ten cuidado! Mi flauta mágica no sólo hechiza a las alimañas, si no cambias de idea, lo sentirás.*

El flautista se giró y empezó a tocar una melodía tan llena de dulzura y armonía que llegaba al corazón. Y pronto, tras él volvieron a formarse largas filas, pero esta vez eran niños que salían de sus casas para danzar por las calles haciendo sonar sus zapatitos, escarpines, zuecos y botitas.

Y así se fueron alejando el flautista y los niños de Hamelín, hasta cruzar sus límites y seguir más y más lejos.

Cuando los papás y mamás de Hamelín llamaron a sus hijos para que volvieran a casa ninguno contestó. Pero uno pequeñito que había quedado atrás que apenas sabía andar, les explicó dónde estaban.

Entonces, recordaron la avaricia del alcalde y su injusto trato al flautista y comprendieron que éste se había vengado llevándose a sus hijos.

¡La que se armó!

Cogieron al alcalde por la barba, lo llevaron a rastras hasta el pie de la colina y lo obligaron a decir:

—*Flautista, querido amigo, ven por favor, te doblaré la recompensa...*

Pero sólo respondían el silencio y los ecos de risas infantiles.

Un padre intervino:

—*No hará caso de este miserable y con razón. ¡Necesitamos otro emisario!*

Después de parlamentar, decidieron enviar al niño rezagado con la recompensa, seguido por una comitiva para rogar al flautista que devolviera a los niños.

Y así se hizo justicia: el músico mágico recibió su merecida paga y cada niño volvió a su casa. Pero eso sólo fue posible gracias a un pequeño inocente, vecinos de corazón generoso y muy buena voluntad.

En cuanto al alcalde, esa misma noche huyó de Hamelín, a donde no volvió nunca, igualito que una rata.

La bella durmiente

Érase un reino encantado donde convivían humanos y seres mágicos. Sus reyes eran muy dichosos pero guardaban en su corazón una pena secreta, porque no tenían herederos.

Un día, cuando la reina nadaba en el río, se le acercó un pececillo dorado, que le anunció:

—*No te preocupes más, en un día como éste, y justo dentro de un año, darás a luz.*

Y así fue. Al año nació una hermosa princesita que colmó de dicha a todo el reino.

Todos sus habitantes fueron invitados al bautizo y al acabar la gran fiesta, los reyes se reunieron en un salón con las hadas que habían anunciado su visita porque cada una de ellas deseaba ofrecer un don a la recién nacida.

Después de brindar con burbujas de aire y degustar un exquisito pastel de nube, fueron acercándose por turno con sus varitas mágicas a la cuna.

HadaAzul bendijo a la niña con salud. Luego, HadaVerde dotó a la princesita de bondad. El HadaAmarilla le otorgó inteligencia. Y HadaRoja le confirió belleza.

Pero cuando HadaVioleta, iba a pronunciar su don, un viento helado se coló por las ventanas, hizo caer la vajilla de la mesa y apagó las velas, sumiendo la estancia en una tenebrosa oscuridad: ¡Había hecho su aparición HadaGris!

Estaba terriblemente enfadada porque no la habían invitado al bautizo y venía dispuesta a vengarse:

—*¡Tú, cuando cumplas quince años, te pincharás con un huso y caerás al suelo mu...*

Y a punto estaba de pronunciar la terrible palabra: "muerta", cuando la interrumpió HadaVioleta:

—*No puedo deshacer este conjuro, pero lo suavizaré. Efectivamente, la princesa se pinchará con el huso y caerá en un sueño larguísimo. Pero despertará cien años después, cuando un joven y apuesto caballero le dé un beso. Yo he venido a otorgarle a la princesita, ¡el don del amor!*

HadaGris se marchó refunfuñando y la fiesta acabó bruscamente.

Después de oír a HadaVioleta, todos respiraron más tranquilos, pero igualmente el rey dio una orden tajante:

¡Los husos del reino debían desparecer! Y quien tuviera alguno debía arrojarlo a la hoguera que se encendería para ese fin y que ardería día y noche.

El día que cumplió quince años, mientras todos estaban ocupados preparando su fiesta de cumpleaños, la princesa buscaba una diadema de coral para su pelo que hiciera juego con el hermoso traje que vestiría. Recorrió el palacio entero sin poder hallarla hasta que decidió subir al desván, donde lo revolvió todo, abrió baúles y cajas, muebles y maletas, pero sólo encontró trastos inservibles, telarañas y muchísimo polvo que la hizo estornudar. Desilusionada y a punto de marcharse, halló algo que nunca había visto: ¡era un huso de hilar! Sí, un viejo huso que había quedado allí olvidado cuando habían ardido todos los demás. Se puso a mirarlo con curiosidad y, sin darse cuenta, se pinchó un dedo... De inmediato cayó al suelo, completamente dormida.

Al mismo tiempo, todo se detuvo en el palacio. Se pararon los relojes, se durmió la corte; los cocineros y pinches en las cocinas, los perros junto al hogar, las vacas en el establo y las mozas que ordeñaban, y... en fin, toda vida se detuvo y se durmió.

Lo único que continuó viviendo fue el seto que crecía en torno a los jardines del palacio, pero ¡qué pena!: de hermosa enredadera se tornó planta espinosa y enmarañada, formó un cerco inexpugnable que lo rodeó todo.

El resto del reino languideció y las buenas gentes abandonaron su tierra. El tiempo de la profecía empezó a pasar lenta, muy lentamente.

A lo largo de los años, cuantos se acercaban por allí, recordando el hermoso palacio de otrora, no hallando explicación al espantoso cambio ocurrido, comenzaron a tejer todo tipo de leyendas:

—*El palacio fue asaltado por un ogro que se los comería a todos* —decía uno.

—*El lugar está embrujado y acercarse es muy peligroso* —decía otro.

—*Es la maldición de una bruja* —inventaba el de más allá.

A punto de cumplirse el plazo de cien años, un príncipe extranjero que había ido de visita a un reino vecino, cierta tarde salió a cabalgar, pero desconociendo aquellas tierras se extravió en el bosque, y cuando desesperaba por salir se encontró frente al extraño lugar.

Estaba muy intrigado y comenzó a indagar pero sólo halló respuestas muy vagas acerca de embrujos, hechizos y maldiciones.

Una noche, por fin, un anciano labriego le habló de otra manera:

—*Aunque yo no tengo edad para recordarlo* —dijo— *mi abuelo contaba que...*

Y le contó el conjuro que había hechizado a la princesita.

Y saltando sobre su cabalgadura el príncipe se fue derechito al palacio.

Llegó dispuesto a atravesar la maleza a golpes de guadaña y espada, pero descubrió atónito que el seto había reverdecido y que sus brillantes hojas lucían hermosas aquí y allá y tenía flores blancas.

Recorrió los jardines y vio animales y a personas durmiendo, de pie o sentadas. Subió por una escalinata de mármol y entró decidido al interior del palacio.

Perplejo contempló el fuego quieto en el hogar, los relojes parados, los enseres y muebles abandonados en estancias, salones y aposentos, hasta que lo único que le quedó por ver fue el desván.

Y allí, durmiendo plácidamente, encontró a la bella muchacha que había mencionado el anciano.

Risueño, presa de un impulso irresistible, se inclinó y le dio un beso.

Luego quedó sorprendido, porque la princesa se desperezó, se frotó los ojos y le preguntó:

—*¿Qué hora es? Parece que hubiera dormido un siglo…*

Y en ese instante preciso le respondieron alegres campanadas, porque los péndulos de los relojes volvieron a cantar las horas, anunciando un hermoso mediodía de verano.

El príncipe la tomó de la mano para ayudarla a levantarse y así bajaron ambos del desván.

Ya habían despertado todos y la joven oyó atenta la historia que sus padres le contaron acerca de lo ocurrido.

Y cuando poco después se celebró su boda, acudieron las seis hadas madrinas de la princesa, y aunque tomaron la precaución de vigilar por turnos por si a HadaGris se le ocurría aparecer para estropear la fiesta, nadie supo nada de ella ni entonces ni después ni nunca jamás.

La ratita presumida

É rase una vez un pueblo muy bonito. Y en el pueblo había una casa de color rosado donde vivía una ratita.

Y la ratita era tan coqueta como hacendosa. Por eso, cada día limpiaba toda su casita y luego salía a barrer el portal, mientras cantaba:

pin- pirín- pin-pin
pon- porón-pon- pon
barro mi casita con escoba y escobillón

Una mañana, cuando estaba barriendo y cantando, vio algo que brillaba en el suelo y se agachó para saber qué era. ¡Llena de alegría, recogió una moneda!, y dijo:

—*¡Qué suerte! Con esta moneda redonda y dorada, ¿qué podría comprar?*

¿Tal vez caramelos de menta o de fresa?

Y ella misma se contestó:

—*Ni hablar. ¡Mis dientes se estropearían!*

Y siguió pensando:

—*¿Acaso un traje de fina seda?*

Pero se contradijo otra vez:

—*Ni hablar. ¡Tendré mucho que planchar!*

Por fin se decidió:

—*Ya sé, ya sé, un lacito rojo, eso es lo que compraré.*

Se fue corriendo a la tienda y compró un hermoso lazo de terciopelo rojo, que se puso en la colita.

Por la tarde, la ratita salió y se sentó ante el portal de su casa, para lucir su nuevo lazo y presumir ante todo el que pasara.

El primero que pasó fue un burro que, al verla tan elegante, exclamó:

—*Ay, ratona-ratita, mira que paso por aquí cada día, pero nunca me había dado cuenta de ¡lo rebonita que eres!*

Al oír sus palabras, la ratita presumida se ruborizó y dijo:

—*Oh, señor Burro, eres muy galante,* muchísimas gracias.

Pensando si le haría caso, el burro soltó un suspiro:

—*¿Te casarías conmigo?*

Pero antes de contestar,
ella a su vez, preguntó:

—*Y por la noche ¿qué ruido harás?*

El burro rebuznó con voz de tenor:

Hiáh, hiáh, ho,
Hiáh, hiáh, ho.

—*Ni hablar. Con tanto ruido
me despertarás. Contigo no me
he de casar.*

El burro se marchó,
ofendido por
sus palabras.

Poco después pasó un gallo que, al verla tan guapa, se entusiasmó:

—*Ay, ratona-ratita, tanto tiempo hace que te veo en el portal,*

pero hasta ahora no había caído en ¡lo rebonita que eres!

—*Oh, qué amable eres, amigo gallo, muchísimas gracias.*

El gallo pensó que las tenía todas consigo y aleteó:

—*¿Te casarías conmigo?*

Pero antes de responder, ella a su vez, preguntó:

—*Y por la noche ¿qué ruido harás?*

Y el gallo cantó con fina voz:

Qui qui ri quí. Qui qui ri kó.

—*Ni hablar. Con tanto ruido me asustarás. Contigo no me he de casar.*

Y el gallo se alejó, dolido por sus palabras.

Frente a la casa de la ratita presumida vivía Ratoncito, que llevaba

mucho tiempo enamorado de ella en silencio. Se dedicaba a

admirarla desde su ventana pero no se atrevía a confesarle su amor.

Sin embargo, aquel día, viendo que a la ratita presumida

la rondaban varios pretendientes, decidió presentarse, la saludó:

—*Hola, vecinita, ¿cómo estás hoy?*

La ratita, sin hacerle mucho caso, le contestó:

—*Ah, eres tú, estoy muy bien, gracias.*

Pero Ratoncito insistió:

—*Siempre que te veo, todos los días, estás preciosa. Pero ¡hoy lo estás aún más!*

Y muy seria, ella lo despidió:

—*Te lo agradezco,   pero tendrás que disculparme porque estoy*

muy ocupada y no   puedo seguir charlando contigo.

El pobre Ratoncito   volvió a su casa abatido y tuvo

que conformarse con   seguir mirándola desde su ventana.

Al cabo de un rato pasó por allí un astuto gato, que se detuvo y dijo melosamente:

—*Muy buenas tardes, hermosa Ratita, siempre que paso por aquí y te veo, pienso una cosa y hoy te la voy a decir: ¡eres la muchacha más rebonita del barrio! ¿Lo sabías?*

—*Oh, ¡qué cosas dices, don Gato, eres todo un caballero, no merezco tus elogios, muchísimas gracias!*

El gato, envalentonado, pensó: "*Estoy de suerte, creo que le gusto*", y se apresuró a proponer:

—*¿Quieres casarte conmigo?*

—*Tal vez* —dijo Ratita complacida— *pero antes tengo que hacerte una pregunta. Por la noche, ¿qué ruido harás?*

El gato comprendió que, si contestaba lo que la ratita esperaba oír, tenía todas las de ganar, y con su voz más suave maulló dulcemente:

Miauuu, miauuu! Michi, michi, miau....

—*Oh, sí* —aplaudió la ratita—. *¡Contigo me puedo casar, pues con ese delicado maullido me arrullarás!*

Y la ratita presumida y el gato se hicieron novios y comenzaron los preparativos para la boda.

El día anterior a la celebración, Gato invitó a Ratita a una comida campestre.

—*No te preocupes* —le anunció—, *yo me encargaré de llevarlo todo.*

Ratita, muy ilusionada, pensó: "Un novio tan atento será aún mejor marido".

Pasearon largamente por el campo hasta que llegaron a un paraje solitario, donde él se detuvo y comentó:

—*Iré a buscar leña para asar una carne muy tierna* —y se fue.

En su ausencia, Ratita quiso ver qué había en la cesta que había traído su novio, y aunque miró y remiró por todas partes, no encontró más que un cuchillo, un tenedor y una servilleta dentro.

—*¡Qué raro!* —se dijo—. *¡Aquí no hay nada de comida!*

Cuando Gato volvió con su carga de leña y estaba encendiendo el fuego, ella le confesó que había estado mirando en la cesta y le había sorprendido muchísimo ver que no hubiera comida.

Entonces, mostrándole sus fieros colmillos y sus verdaderas intenciones, el gato le respondió:

—*¡Ja, ja, ja, mi inocente ratita, hazte a la idea de que vas a ser tú la comida!*

La ratita presumida empezó a temblar, muerta de miedo, y a punto estaba de ser preparada al fuego cuando apareció su vecino Ratoncito, que, como no se fiaba un pelo, había seguido a la pareja hasta allí.

Ratoncito cogió del fuego una rama que ya empezaba a arder y se la aplicó al gato por la punta de la cola y el muy traidor huyó aullando de dolor.

En ese momento, el ratoncito dijo con ternura:

—*Ratita, Ratita, mi ingenua y presumida Ratita, bien sabes que eres la más bonita.*

Y luego, muy nervioso, con un hilo de voz, pidió:

—*¡Cásate conmigo!*

Y aunque Ratita ya estaba decidida, igualmente preguntó:

—*Y por la noche ¿qué ruido harás?*

—*Dormir y callar* —le respondió él— *dormir y callar.*

Entonces la ratita presumida consintió:

—*Oh, sí, ¡contigo me he de casar!*

Ratoncito y Ratita se casaron enseguida y vivieron muy felices en su rosada casita.

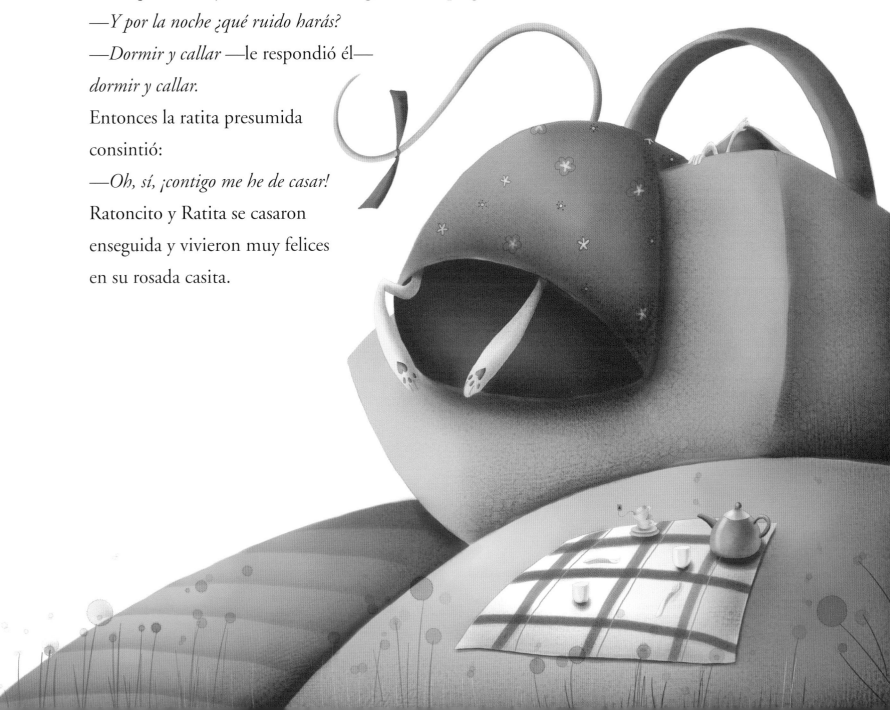

Hansel y Gretel

Hace mucho tiempo, en una casucha, vivía un leñador con su esposa y sus dos hijos. El niño se llamaba Hansel, y la niña, Gretel.

Era una familia tan pobre que apenas tenían a diario un bocado que llevarse a la boca.

Cierta noche, después de acostar a los niños, la madre vio que en la alacena sólo quedaba un trozo de pan. Echándose a llorar, le dijo a su marido:

—Ya no nos queda nada para alimentar a los niños, ¡hemos de hacer algo o morirán de hambre!

—¿Y qué podemos hacer? —preguntó su desdichado esposo.

—Quizá, si los dejamos en el bosque, acaso los vea un noble señor que esté de caza y se apiade, acogiéndolos en su hogar. ¡Aun siendo criados, vivirán mejor que a nuestro lado! —sollozó la mujer.

Viendo que era por el bien de sus hijos, el pobre hombre dio la razón a su esposa y resolvieron hacer tal como ella había dicho.

Los chicos estaban despiertos y lo oyeron todo.

La pequeña Gretel cogió la mano de su hermano mayor temblando de miedo.

Pero él la consoló:

—*No temas, aunque nos dejen en el bosque, sé cómo volver a casa.*

Por la mañana, la madre abrigó a los niños con las raídas ropas que tenían, puso en el bolsillo de su hijo el último trozo de pan que quedaba y, ahogando las lágrimas, dijo:

—*Hala, hijitos, ¡vamos! Acompañadnos: papá cortará leña y mamá recogerá setas que vender en el mercado y poder comprar comida.*

Los niños los siguieron obedientes.

Sin que nadie lo advirtiera, Hansel comenzó a desmigajar el pan que llevaba en el bolsillo y,  a cada tanto, arrojaba una miguita tras de sus pasos.

Cuando estuvieron en lo más profundo del bosque, los padres abrazaron a sus hijos y les pidieron que esperaran allí.

Una vez solos, Gretel preguntó:

—*¿Y qué hacemos ahora?*

Hansel le contó lo que había hecho durante el camino y le dijo:

—*Por la noche, volveremos guiándonos por las miguitas de pan, que, a la luz de la luna, se verán claramente en el sendero.*

Y se sentaron a esperar a que anocheciera.

Pero cuando quisieron regresar no vieron ni una sola migaja en el sendero. ¡Los pájaros se las habían comido todas!

—*Vaya* —se quejó Hansel—, *esto no lo había previsto.*

Y aunque estaba preocupado tranquilizó a su hermana:

—*Vamos a dormir, puesto que es de noche. Mañana ya se nos ocurrirá algo.*

Al amanecer, intentaron dar con el camino de su casa pero sin darse cuenta se equivocaron y cada vez se alejaban más y más, hasta que ya no supieron qué hacer.

De pronto se oyó un dulce trino, y Gretel alzó su cabecita y vio encima de la rama de un roble a un pájaro dorado, que le preguntó:

—*Niña, niñita, ¿tienes hambre?, ¿tienes frío?*

—*Oh, sí, mi hermano y yo nos hemos perdido, llevamos muchas horas sin comer y durmiendo al raso.*

—*No te preocupes* —respondió el ave—, *detrás del roble hay una casita de chocolate, pastel y mermelada, os la podréis comer.*

Los niños corrieron a ver si era cierto lo que decía el pájaro encantado. ¡Y sí! Allí estaba la casita de chocolate y les faltó tiempo para ir a comérsela.

Hansel tomó un buen trozo de techo de chocolate y se lo ofreció a Gretel. Y ella separó un trozo de ventana hecho de mermelada y bizcocho, para dárselo a él.

Comiendo estaban a dos carrillos cuando del interior de la casita salió una anciana con aspecto bondadoso que se apoyaba en un bastón y los invitó:

—*Oh, pobrecitos niños, entrad por favor, aquí estaréis a salvo del frío y el hambre.*

Hansel y Gretel entraron confiados y contentísimos por su buena suerte.

Pero apenas se cerró puerta, la viejecita se convirtió en una horrible y malvada bruja, mientras el pájaro dorado del roble se posaba en su hombro, transformado en un cuervo que graznaba feliz por haber engañado a los ingenuos niñitos.

La hechicera tenía planes horrorosos para ellos.

—*Primero te comeré a ti* —dijo señalando con su bastón al niño— *y después a ti, niñita.*

Pero como estáis tan flacuchos, antes deberé alimentaros, para que estéis bien sabrosos.

Y encerró a Hansel en una jaula, mientras a Gretel la convirtió en su criada.

La niña tenía que hacer todas las faenas y dar de comer a su hermano para que engordara como un ganso bien cebado.

Aunque la bruja tenía muchos poderes, también tenía una debilidad: era muy corta de vista.

Vamos, ¡que no veía un pimiento ante la punta de su nariz!

Gretel se dio cuenta y se lo dijo a su hermano. De modo que, cuando la malvada se acercaba a la jaula de Hansel para ver si engordaba, diciendo:

—*A ver, niño tonto, muéstrame el dedo meñique.*

Hansel la engañaba mostrando un huesecillo de pollo. La bruja entonces rugía:

—*No has engordado ni un poquito así.* —Y luego chillaba a Gretel:

—*Tú, inútil, ¡dale más comida a tu hermano, aún no está listo para el horno!*

La pequeña, obligada a servirla a todas horas, la espiaba siempre que podía y, cuando la bruja estaba durmiendo, recorría la casa buscando un modo de escapar.

Y así descubrió que guardaba la llave del cerrojo de la jaula donde Hansel estaba encerrado en un gran cofre oculto bajo su cama. Y la pobrecita pensaba:

—*Si consiguiera robar la llave podríamos huir...*

Y descubrió también que la bruja hacía todos sus conjuros usando su bastón. Lo mismo le servía para trocarse en viejecita bondadosa que para convertir al cuervo en pájaro dorado y hacer otros muchos trucos y maldades. Y se decía:

—*Ay de mí, si pudiera, aunque sea por un instante, coger ese bastón y recordar algún conjuro de esta cruel hechicera, acaso salvaría mi vida y la de mi hermano...*

Al cabo de unas semanas, la bruja se hartó y dijo:

—*¡Ya está bien, esta misma noche me zamparé a ese niño!*

El chico se echó a temblar, mientras la bruja ordenaba a Gretel que encendiera el horno.

Resignada y llorosa, Gretel lo intentó, pero le temblaban tanto las manos que no pudo. La bruja, impaciente, la apartó de un empujón:

—*¡Déjalo, bobalicona!* —graznó—. *Yo misma lo haré.*

Y dejando el bastón apoyado junto al hogar, se inclinó para encender el fuego.

Como estaba de espaldas, Gretel, rápida como un rayo, tomó el bastón y recordó súbitamente el conjuro que usaba la bruja para ahuyentar fieras o curiosos que merodearan en torno a su casa:

> A la buena ventura del pan de mora
> que desaparezca esta bruja
> de aquí ¡ahora!

¡Y resultó! La bruja se esfumó, víctima de su propio hechizo.

Loca de alegría, Gretel fue a buscar la llave para liberar a su hermano y descubrió que, además, el cofre también guardaba un tesoro.

Los niños llenaron sus bolsillos de oro y piedras preciosas y abandonaron el lugar.

Hansel estaba convencido de que si llegaban al río, sabría cómo regresar. Finalmente

lo encontraron y cruzaron a la otra orilla.

¡Y cuál no sería su sorpresa al ver que al otro lado los esperaba su padre!

Había salido a buscarlos porque los añoraban

mucho y su mamá

se consumía de tristeza...

Los niños contaron
su aventura y entregaron
el tesoro a sus papás.
Desde entonces vivieron
felices para siempre y
jamás volvieron
a pasar necesidad.

La Lechera

Vestida con un sencillo y gracioso vestido de color azul cielo, salió aquella mañana la lechera de su granja. Era una muchacha de cuerpo espigado y sostenía encima de su airosa cabeza en equilibrio y sin dificultad alguna, con la sola ayuda de una de sus manos, un cántaro lleno hasta el tope de tibia leche recién ordeñada.

Andaba la joven con paso ágil sobre sus pies calzados con zuecos de madera que al pisar la tierra del camino sonaban

top top top, cuando se deslizaban por la hierba húmeda de rocío susurraban, saf saf saf y al llegar a las empedradas calles del pueblo cercano, repiqueteaban pic pic pic.

El sol, que a esas tempranas horas asomaba su rubia cabeza por el horizonte, prometía un día radiante, que convocaba a la alegría y provocaba pensamientos llenos de esperanza.

Animada, la lechera iba soñando:

—*¡Estoy segura de que hoy tendré uno de esos días buenos! Y que tras él vendrán otros aún mejores y que después vendrá la dicha y la riqueza...*

Y así fue como imaginó el después:

—*Ya mismo llego al mercado; estarán todos esperando esta leche tan fresca y tan rica que llevo en mi cántaro. Y por cada cuartillo de leche que venda, recibiré una moneda a cambio. Y quien dice un cuartillo, dice un jarro, y quien dice un jarro dice dos, y luego otro y otro, y a cada uno y a cada otro, una moneda caerá en el bolsillo de mi delantal.*

De ese modo, al final de la mañana, no tendré más que un cántaro vacío, pero el delantal lleno de resonantes monedas. Y las de cobre caerán **TON TON TON** y las de plata sonarán **PIN PIN PIN** y puede que tampoco falten las de oro, que cantarán **RAN RAN RAN**.

Ah, ¡qué feliz seré entonces!

Y aquellos ilusos pensamientos la llevaron, como en un sueño, a imaginar lo que vendría después:

—Sin embargo —se dijo— deberé ser muy juiciosa e invertir de inmediato mis monedas en algo provechoso; y ese algo..., y ese algo, ¡ya sé! Con ellas compraré huevos. Sí, eso es. Un enorme cesto con un montón de huevos blancos y morenos dispuestos en un blando lecho de paja.

Con el cesto volveré a mi granja y depositaré cada uno de los huevos cuidadosamente en la cálida cabaña que hay junto al granero. Y sólo me quedará esperar hasta la primavera, cuando se rompan los cascarones y docenas de polluelos nazcan a mi alrededor; puede que hasta cien pollos me den esos huevos. Y yo cuidaré muy bien de ellos, no permitiré que los ataquen ni el astuto zorro ni la taimada comadreja, ni mucho menos la cruel hiena.

Despertaré cada mañana y lo primero que haré será echarles grano y andaré entre ellos, y ellos me rodearán, piando de alegría, que será tanta como la mía al ver tantísimos pollos. Ah, ¡qué feliz seré entonces!

Así pensó la lechera que serían las próximas semanas.

Y tan ilusos pensamientos, la llevaron como en un sueño,

a imaginar lo que vendría después:

—Cien pollitos, a esos cien pollitos los traeré al mercado donde todos estarán esperando mis aves carnosas y tiernas. Y venderé un pollo y luego otro y muchos más, hasta que ya no quede ni uno solo de ellos y una tras otra y más y más irán cayendo tintineantes monedas en el bolsillo de mi delantal. Entonces, entonces..., vendidos todos mis pollos, me compraré un cerdo. ¡Eso es!, un pequeño cerdito de piel suave y rosada.

Con el cerdito volveré a mi granja y lo cebaré para que crezca fuerte y gordo. Despertaré cada mañana para darle a comer bellotas y gruesas cortezas de pan, castañas y panochas de maíz. Sí, ¡eso haré!, hasta que tenga la piel lustrosa y una gran barriga que le llegue hasta el suelo. Ah, ¡qué feliz seré entonces!

Así pensó la lechera que serían los próximos meses.

Segura de conseguir sus propósitos y con tenta por el hermoso porvenir con que soñaba, siguió andando la lechera mientras imaginaba lo magnífico que sería tener a ese animal y lo que vendría después:

—Por supuesto que un cerdo bien cebado y de piel reluciente valdrá una buena suma de dinero, contante y sonante. Una vez más vendré al mercado, sujetando a mi cerdo con su ronzal y lo venderé. ¡Sí, señor! Lo venderé con tanta ganancia que con lo que obtenga podré comprar... ¿Qué sería entoncees lo más provechoso? ¡Pues sí!, una vaca. Pero ¿qué digo? No solamente una vaca, tendré lo suficiente para comprar la vaca con su ternero.

Con ellos regresaré a mi granja y los pondré a resguardo en el establo. Despertaré cada mañana y les abriré la cerca para que vayan a pastar la fresca hierba que crece junto al río, y por la tarde, a su regreso, ordeñaré mi vaca, que me dará mucha más leche de la que hoy tengo, y con ella prepararé mantequilla y queso y nata... Ah, ¡qué feliz seré entonces!

Y aun pensó feliz:

—¡Hasta podré corretear junto al ternero, todos los días, al acabar la faena!

Y tan embebida estaba la lechera en sus pensamientos que, sin darse cuenta, comenzó a apurar el paso, y como si ya estuviera en el prado retozando con el ternero, soltó una risa cristalina y empezó a corretear y a dar jubilosos saltos de alegría hasta que, ¡zas!

Tropezó la lechera, el cántaro se le cayó de la cabeza y dio sobre la dura piedra, rompiéndose en mil pedazos, ¡crash!, y derramándose al mismo tiempo la leche, ¡splash!

De modo que la leche ya no se vendería ni caerían en su bolsillo las monedas y
nada de nada traería el después....

La lechera, desolada,
viendo el cántaro partido
y la leche derramada,
llora su sueño perdido.

El gato con botas

Un viejo molinero dejó una herencia muy pobre a sus tres hijos, que ellos mismos repartieron entre sí. Al mayor le tocó el molino; al segundo, un asno, y al más joven sólo un gato.

Éste se lamentó:

—*Mis hermanos podrán ganarse la vida juntos con el molino y el asno. Pero ¿y yo? No se me ocurre qué hacer con un gato..., salvo comérmelo con patatas...*

El gato lo oyó y pegó un respingo. Asustado, pero haciéndose el distraído, dijo:

—*No te aflijas, amo, yo mejoraré tu suerte.*

El chico lo miró esperanzado: "*Este animal es tan listo que habla y caza ratones*", y contestó:

—*Como nada tengo, nada pierdo con probar.*

—*Gracias por confiar en mí* —replicó el gato, añadiendo—: *pero, debes procurarme un par de botas y un saco del mejor paño.*

Aunque muy intrigado, el hijo pequeño del molinero le dio al gato lo que pedía.

Éste se calzó las botas y tomando el saco se fue al campo, hasta que descubrió entre las zarzas una madriguera de conejos. Luego recogió un manojo de jugosas hierbas y las metió en el saco, dejándolo abierto y a la vista.

Al poco rato, un conejito curioso que correteaba por allí se sintió atraído por el aroma de las hierbas y se metió hasta el fondo del saco para comérselas.

Con este botín el gato se dirigió al palacio y pidió ver al rey. Aunque debió esperar largo rato, por fin fue recibido. El gato saludó al monarca con una reverencia y entregándole el saco, le dijo:

—*Mi amo, el Marqués de Carabás, ha salido de caza y os envía junto con sus respetos la mejor de las piezas cobradas. Se sentiría muy honrado si su Majestad se dignara tomársela en la cena.*

El rey se rascó la cabeza, algo dudoso:

—*¿Marqués de Carabás?, no recuerdo haber oído ese nombre en la corte.*

Pero igualmente aceptó el regalo y despidió al gato con agradecimientos para su señor.

El gato se fue de allí frotándose las patas de contento que estaba.

Unos días después volvió al campo, desgranó unas espigas de trigo y metió el grano en el saco, dejándolo abierto y a la vista.

Luego se apostó tras unas matas y se hizo el dormido.

Muy pronto unas aves se metieron hasta el fondo del saco para picotear el sabroso grano.

En un santiamén, el gato salió de su escondite y, tirando de los cordones, encerró dos buenas perdices en el saco.

En esta ocasión entró fácilmente en palacio porque fue reconocido por la guardia real.

De nuevo saludó al rey con una reverencia y ofreciéndole el saco, le dijo:

—*Mi amo, el Marqués de Carabás, ha salido a cazar perdices y os envía junto con sus respetos las dos mejores piezas cobradas. Se sentiría muy honrado si su Majestad se dignara tomárselas en la cena.*

El rey, que se había chupado los dedos con el conejo que días atrás le había traído el gato, respondió esta vez:

—*Ah, sí, el Marqués de Carabás* —y aceptó el regalo, despidiendo complacido al gato con agradecimientos para su señor.

El gato se alegró una vez más, y atusándose los bigotes, se dijo:

—Esto marcha, sí señor...

Saliendo estaba del palacio cuando oyó comentar que aquella misma tarde el rey y su hija, la princesa, saldrían a dar un largo paseo en la carroza real.

Aquello le dio una idea y se fue volando a ver a su joven dueño:

—*Amo, sigue confiando en mí y haz cuanto yo te diga... Tienes que lanzarte al río por el sitio convenido en cuanto así te lo indique.*

Aunque muy sorprendido, el hijo pequeño del molinero hizo lo que el gato le pedía.

Aquella tarde se lanzó al río en el lugar convenido y al poco rato acertó a pasar por allí la carroza con el monarca y su hija. Al verla, el gato comenzó a gritar:

—*¡Socorro, auxilio! Mi amo, el Marqués de Carabás se está ahogando...*

La carroza se detuvo y el rey exclamó:

—*¡Caramba! Es ese noble tan gentil que me envía siempre lo mejor de su caza.*

Y mandó a sus servidores a rescatar al muchacho.

El gato se acercó entonces a la carroza, lamentándose:

—*¡Qué desgracia, Majestad! Mientras mi amo se bañaba en el río, unos ladrones le robaron sus ropas.*

De inmediato, el rey ordenó que trajeran de palacio atuendo y calzado.

Una vez recompuesto, el joven fue invitado a subir a la carroza y pasear en compañía del rey y su hija.

La princesa, apenas lo vio, se enamoró perdidamente del chico, que era muy apuesto y andaba muy elegante con las lujosas ropas que le habían procurado los servidores del rey.

El gato, que no cabía en sí de gozo, moviendo la cola, se dijo:

—Esto marcha, sí señor...

Y al punto se dio prisa por adelantarse a la carroza. Al llegar a un prado donde unos labriegos segaban, y con su gesto más fiero, ordenó:

—*A fe mía que si os preguntan de quién son estos campos, deberéis decir: "Son de nuestro amo, el marqués de Carabás..."*

—*Ohhh.*

Los segadores se asustaron al oír el tono amenazador del gato, y cuando pasó el rey preguntando quién era el dueño de aquello, se apresuraron a responder como les habían ordenado. Pero el verdadero amo del lugar era un gigante que habitaba el castillo que se erguía en lo alto de una colina. Y allí se presentó el gato, y halagando astutamente al gigante, logró conquistar su simpatía.

—*Oh, poderoso señor* —saludó— *te presento mis respetos,*

pues la fama de tu inmenso poder

y tu sabiduría son

conocidos en el reino entero.

El gigante, que era muy vanidoso, lo invitó a pasar y a compartir con él su mesa.

El gato se relamió al ver los exquisitos manjares que en ella había. Pero antes de sentarse, dijo muy zalamero:

—*Mi admiración por ti no tiene límites, y he oído que tienes el mágico poder de convertirte en cualquier animal por más grande y feroz que sea, ¿es verdad eso?*

—¡Verdad es! —contestó el gigante—. *Te lo demostraré.*

Y un rugiente león apareció ante el gato que, muerto de miedo, huyó, diciendo:

—Esto no marcha, no señor...

El gigante recobró su aspecto y el gato, más tranquilo, deseando que el gigante fuera tan tonto como grande, comentó:

—*Claro, para un hombretón como tú, es fácil convertirse en león, sería mucho más difícil transformarse en ratoncillo.*

Herido en su orgullo, el gigante chilló enfadado:

—*¿Lo dudas? ¡Ahora verás!*

Y se convirtió en un pequeño ratoncillo que fue engullido en dos bocados por el gato, que, muy satisfecho, acariciándose la barriga, se dijo:

—Esto marcha, sí señor...

Y salió a esperar la carroza real, listo para rematar su plan. Cuando llegó, guiñando un ojo a su joven amo, propuso a sus ocupantes:

—*Mi señor, el Marqués de Carabás, me ha dado instrucciones precisas de invitar a su Majestad y a la princesa a descansar en su castillo, agradecido por vuestro auxilio en el río.*

El monarca estaba impresionado, de modo que se decidió a decir:

—*Querido Marqués, me sentiría muy complacido si aceptarais la mano de mi hija la princesa.*

La pareja se casó y vivió feliz. Por su parte, el gato, satisfecho porque su amo le prodigaba todo tipo de mimos, vivió tan ricamente, y sólo de vez en cuando, para no perder la costumbre, perseguía algún ratón, cazaba con gran destreza, repitiendo la canción:

—Esto marcha, sí señor...

y colorín, colorado…
…este cuento se ha acabado